KB116015

THE CLOSET NOVEL

프로젝트 소설집
THE CLOSET NOVEL—7인의 옷장

초판 1쇄 발행 2014년 10월 31일
초판 2쇄 발행 2014년 11월 28일

지은이 은희경, 편혜영, 김중혁, 백가흠, 정이현, 정용준, 손보미
펴낸이 주일우
펴낸곳 ㈜문학과지성사
등록번호 제1993-000098호
주소 121-894 서울 마포구 잔다리로7길 18(서교동 377-20)
전화 02) 338-7224
팩스 02) 323-4180(편집) / 02) 338-7221(영업)
전자우편 moonji@moonji.com
홈페이지 www.moonji.com

ISBN 978-89-320-2671-8

문학과지성사 × ARENAHOMME+

오늘의 문학과 지금의 패션, 두 극단의 접점을 찾는 뜻밖의 시도로, 2014년 상반기 문학과지성사 홈페이지에 소설이, 「아레나옴므+」에 소설, 인터뷰, 화보가 실렸습니다. 「THE CLOSET NOVEL」은 그 결과물을 모아 엮어낸 책입니다.

THE CLOSET NOVEL

7인의 옷장

김중혁

정이현

정용준

은희경

편혜영

백가흠

손보미

문학과지성사

2014

패션이라는 파사주

—

박지호
(『아레나옴므+』 편집장)

얼마 전 패션 위크에 참석차 파리에 다녀왔다. 무엇보다 인상 깊었던 것은 무심한 듯 청량한 파리의 하늘. 새하얀 구름과 대비되는 한없이 순수에 가까운, 그야말로 원초적인 파랑이었다. 그토록 여러 차례 파리를 드나들었건만, 파리의 하늘을 향한 숭배에 가까운 애착을 이리도 또렷이 느낀 건 처음이었다. 한참을 서성이던 발걸음이 파리 최초의 파사주 가운데 하나, 갈레리 베로 도다Galerie vero-dodat로 향했다. 세기를 훌쩍 넘어 21세기의 거리 산보자를 깊은 상념과 상상, 감상에 푹 빠지게 한 그 빛바랜 듯 여전히 찬란한 유리 천장이라니. 보들레르는 쇼윈도 안쪽 화려한 상품들이 줄지어 있는 상가(商街)를 유리 천장으로 감싼 파사주, 그리고 휘황찬란한 파리 거리를 걸으며 수집한 '도시의 소음과 풍광'을 자신만의 시에 담아냈다.

일찍이 아무도 본 일이 없는,
그 무서운 풍경의
어렴풋하고 아득한 영상이
오늘 아침 나를 사로잡는다

잠은 기적에 가득 차 있다!
〔……〕
금속과 대리석, 그리고 물로
이루어진 황홀한 이 단조로움을
그것은 계단과 회랑이 가득한
바벨탑, 하나의 무한한 궁궐

—「파리의 꿈 rêve parisien」 부분

파리와 보들레르에 깊이 빠져들었던 발터 벤야민 역시 "지붕이 유리로 덮여 외부의 하늘이 실내로 침투해 들어옴으로써 일종의 문지방적 공간을 형성하는 파사주"에 깊이 매혹되었다. "그곳이 바로 환상과 욕망, 유혹의 무대였기 때문"에 "진열된 상품을 반사하는 창문과 파사주의 유리 표면, 이 창유리 앞에서 전시된 사물을 바라보는 거리 산보자"를 "예술 작품으로 뒤덮인 거실에 거주하는 수집가"와 유사하다고 판단했던 것이다.*

뿐만 아니라 에밀 졸라의 『테레즈 라캥』, 귀스타브 플로베르의

* 발터 벤야민, 『보들레르의 작품에 나타난 제2제정기의 파리』, 길, 2010.

『마담 보바리』, 위대한 리얼리즘의 승리로 꼽힐 발자크의 주옥같은 작품들…… 단언컨대, 황홀한 향락과 럭셔리한 쇼윈도 속 상품들, 그와 극으로 대비되는 비참한 현실과 그럼에도 불구하고 끊임없이 파리 시내를 걷던 '거리 산보자'가 없었더라면 이런 위대한 소설들이 탄생할 수 있었을까? 19세기의 파사주는 당시의 가장 화려한 상품들을 전시했다. 지금의 패션 매거진 또한 21세기의 가장 화려한 그 어떤 측면들을 전시한다. 그렇다면? 가슴 한쪽에 품고 있던 착상 하나가 싹을 틔울 계기를 드디어 만났다. 『아레나옴므+』의 에디터이자 문학과지성사에서 첫 시집을 출간한 이우성을 고리로 흥미로운 논의가 시작된 것이다.

귀국 후 마감에 막 돌입할 찰나 '문학과지성사×『아레나옴므+』 단편소설 프로젝트'의 마지막 작품이 책상 위에 놓여 있었다. 지난 몇 개월간 많은 질문을 받았다. '패션지와 문학과지성사의 컬래버레이션(지극히 패션지적인 표현을 용서해주시길)은 도대체 어떤 의미가 있는가.' 자본주의 사회가 도래한 이래 가장 먼저 문화상품이 된 소설이라는 장르, 통속적이지만 인간의 숭고한 측면을 건드리는 이 유구한 장르와, 21세기 가장 우아하면서도 통속적인 패션이라는 장르가 서로 맞부딪친다면 당연히 상상 못 했던 남다른 화학작용이 일어나지 않을까? 이런 단순한 발상이 어느덧 여기까지 당도했다.

덧붙여 왜 아니었겠는가. 세월을 관통해온 '문학과지성사'라는 그 특별한 이름과 무언가를 함께 공모해볼 수 있다는 발상이 얼마나 우리의 가슴을 뛰게 했는지. 무엇보다 은희경, 편혜영, 김중혁,

백가흠, 정이현, 정용준, 손보미라는 이 시대 최고 소설가들의 생생한 단편소설을 가장 먼저 읽는 독자가 될 수 있다는 쾌감으로 어찌나 설레었는지.

그 설렘을 돌이켜보며, 다시 한 번 문학과지성사와 작가들께 무한한 감사의 마음을 전한다.

목차

김중혁

김중혁은 1971년 경북 김천에서 태어났다. 2000년 『문학과사회』 가을호에 중편 「펭귄뉴스」를 발표하며 문단에 나왔다. 소설집 『펭귄뉴스』 『악기들의 도서관』 『1F/B1』, 장편소설 『좀비들』 『미스터 모노레일』 『당신의 그림자는 월요일』 등을 펴냈다. 김유정문학상, 젊은작가상 대상, 오늘의 젊은 예술가상, 이효석문학상 등을 수상했다.

종이 위의 욕조

그거 있잖아.

그거 뭐?

전에 창고에 넣어뒀는데 아무리 찾아도 없네.

그러니까 뭐가?

하늘에다 쏘는 거.

하늘에다?

응, 하늘에다.

총?

우리 집에 총이 있어?

당연히 없지.

생각 안 나서 미치겠네. 하늘에서 펑, 펑, 터지는 거 말야.

아……

뭐였지? 기억이 안 나.

자기야, 그래도 떠올려봐. 자꾸 그러면 버릇 돼.

누군 잊어먹고 싶어서 그러냐? 답답하니까 빨리 알려줘.

그래도 기억하려고 노력해봐.

노력으로 되는 문제가 아니라니까.

피읖으로 시작해.

피읖, 피읖이라…… 파, 파, 퍼, 포, 푸, …… 아, 맞다. 폭죽!

잘했어.

빌어먹을, 힘드네.

자기야, 그렇게 하나씩 단어 잊어버리다가 나중에 빈털터리 되겠다.

빈털터리 되면 네가 나 먹여 살려야지.

으아, 끔찍한 소리 하지 마. 뇌 보험이나 치매 보험 같은 건 없나.

왜, 나 치매 걸리면 보험금 타먹게?

바보야, 결혼도 안 했는데 내가 보험금을 어떻게 타냐?

보험금 받으려고 나한테 청혼할지도 모르지.

자기야, 꿈 깨.

안 넘어가네.

자기 수법이 맨날 그렇지. 폭죽은 뭐하게?

오늘 전시 오프닝이잖아. 쇼 좀 해야지.

안 보여? 잘 찾아봤어?

안 보이네. 가다가 사야겠다.

자기야, 나 커피 한 잔만 뽑아주라. 지난번에 말했던 그 화가 오프닝이야?

응, 그 화가. 에스프레소?

리스트레토. 난 그 여자 그림 이상하더라.

전시장에서 보면 그럴싸해.

이름이 뭐였지? 이상한 이름이었는데.

미요.

맞다. 그게 무슨 뜻이야?

몰라. 들었는데 까먹었다.

그런 게 미니멀리즘 계열인 거야? 샌드위치 먹을래?

아니, 괜찮아, 속이 좀 더부룩하네. 미니멀리즘까진 아니고, 뭐랄까, 그냥 약간 결벽증 있는 똘아이?

큐레이터가 화가한테 막 그렇게 얘기해도 되나?

내가 막 어떻게 말했는데?

똘아이.

똘아이가 뭐 나쁜 말인가. 스타로서의 가능성이 보인다는 표현이지.

그래? 표현 참 터프하고 좋네. 자기 오늘 늦게 들어와?

아마도. 이 셔츠랑 가방이랑 어때 보여?

괜찮네. 그럼 나도 오늘 친구들 좀 만나야겠다.

술 마셔?

마시지 마?

마셔. 누가 뭐래.

번역 늦어진다고 구박했잖아.

내가 또 언제 구박했냐. 그냥 해본 소리지.

번역 괜히 한다 그랬어. 아주 미치겠어.

책 많이 이상해?

이상하다기보다 뭔가 좀 달라. 미술 쪽 책은 다 이런가?

확실히 미술가들이 뇌가 좀 이상하긴 해.

그렇지?

아무래도 그렇지. 뇌가 머리 바깥에 달려 있는 느낌이랄까.

자기 뇌는 어디 붙어 있어?

나는 머리 안쪽에 고이 모셔뒀지.

자긴 미술가 아냐?

미술가와 포장 전문가 사이 어디쯤?

포장 전문가?

큐레이터를 그렇게 부르기도 해.

비하하는 말 같은데?

포장이 얼마나 좋은 건데.

포장하는 게 좋은 건가?

비포장도로는 힘들잖아.

하긴 포장 이사도 좋은 거고.

당연하지.

맞아. 내가 번역 못 해서 그런 게 아니야. 그렇지?

나, 간다.

가.

전화해.

용철은 전시장으로 가는 길에 폭죽을 샀다. 가게에 들어가서도 폭죽이라는 단어를 떠올리기 위해 잠시 멈칫했다. 폭죽이라는 단어가 낯설었다. 폭과 죽, 뭐 이렇게 이상한 단어가 다 있어. 용철은 그렇게 생각하고 다시 한 번 폭죽이라는 단어를 발음해봤다. 용철은 단어를 자주 잊어버렸다. 잃어버린다는 기분이 들기도 했다. 최근 들어 더욱 그랬다. 쉬운 단어부터 어려운 단어까지, 맥락도 공통점도 이유도 없었다. 폭죽처럼, 발코니라는 말도 잃어버렸다. 어떤 날은 배꼽이라는 단어가 생각나지 않을 때도 있었다. 배꼽을 들여다보면서도 단어가 떠오르지 않았다. 정강이라는 단어도 잊어버렸고, 뒤꿈치라는 말도 잃어버렸다. 단어를 떠올리려고 하면 수십만 개의 단어들이 한꺼번에 머릿속으로 몰려들었고, 용철은 단어들의 더미 사이에서 길을 잃었다. 단어와 단어가 서로 얽히고는 알 수 없는 형체로 변했다. 용철은 단어를 떠올리려던 생각조차 잃어버리고 멍한 얼굴로 단어 속에 파묻히고 말았다. 민희는 병원에 가보라고 조언했지만 용철은 그럴 정도는 아니라고 무시했다.

용철의 휴대전화에서 알람이 울렸다. '박물관 전시 체크하기'라는 창이 떴다. 박물관의 대규모 전시를 두 달째 도와주고 있었다. '현대 미술의 풍경—컨템포러리 클래식'이라는 모호한 제목이었다. 박물관에 있는 그림과 새로 공개하는 그림의 재배치를 도와주는 일이었다. 어떤 그림을 어디에 걸 것인지 결정하는 데 오랜 시간이 걸렸다. 시뮬레이션을 여러 번 했다. 그림의 위치를 재배치하기 전에 백 명의 관객을 선정했다. 위치를 바꿀 때마다 백 명의 관객을 불렀다. 백 명은 같은 전시를 다섯 번 이상 봤다. 미술계에서는 전례 없는 일이었다. 용철은 박물관의 학예사 준철에게 전화를 걸었다.

접니다.

아, 정큐. 오늘은 못 오지?

정큐라고 부르지 말라니까요.

에이, 큐레이터를 큐레이터라고 부르는데 뭐가 문제야.

정큐라고 하니까 이상하잖아요.

정용철 씨, 오늘 심기가 불편하신가 봐. 큐레이터 정이라고 불러줘?

됐고요, 오늘 그림 바꾸는 날이잖아요.

응, 보내준 'E4' 배치는 봤어. 로스코 그림이랑 루이스 그림 바꾼 건 정말 신의 한 수더라.

괜찮죠?

다 괜찮은데 1번 자리에다 오스틴을 넣은 건 무리 아닌가?

그래요?

난 좀 그렇던데.

한번 테스트해보죠.

그래, 그럼. 내일 모의 전시에는 올 거지?

가야죠.

내일 봐.

네.

용철은 전화를 끊고 머릿속에 있던 그림의 순서를 다시 한 번 꺼내보았다. 1번 자리에다 오스틴을 넣은 게 파격적이긴 했다. 충분히 시도해볼 만한 파격이라고, 용철은 생각했다. 지난번 'E3' 배치의 반응도 좋았지만 무언가 조금 부족했다. 아무튼 내일 반응을 보자고. 용철은 혼잣말을 하고 전시장으로 들어갔다.

저는 어렸을 때부터 뭉개버리는 걸 좋아했어요. 그거 알죠? 짜부라진 우유갑. 주저앉은 사람들요.

전시를 앞두고 인터뷰를 하던 미요의 목소리가 용철에게 들렸다. 마이크를 들고 고개를 끄덕이던 방송국 기자가 용철에게 아는 체를 했다. 이미 여러 번 만난 사이였다. 미요는 용철에게 손을 흔들었다. 미요의 가느다란 손가락이 해초처럼 흐느적거렸다. 손가락에는 여러 개의 반지가 맥락 없이 매달려 있었다.

용철은 미요의 그림을 좋아했다. 미요의 그림을 보고 있으면, 마음 어딘가에서 성냥이 켜지는 듯했다. 유황불에 뜨끔했다. 불이 켜진 성냥은 마음을 잠깐 비추다가 곧 꺼졌다. 짧은 순간이었지만 명징한 찰나였다. 미요는 방송국 기자와 계속 인터뷰를 했다. 크지 않은 전시실이라 인터뷰 내용이 다 들렸다. 인터뷰를 마치고 방송국 기자가 마이크를 들고 다가왔다.

늦었네.

인터뷰 다 했어요?

대충.

말 잘 못 하죠?

작가들이 말 잘해도 이상하지.

인터뷰 내용 들어보니 전부 뜬구름 잡는 소리던데?

사람들은 구름 좋아해. 뭉실뭉실하니까.

긍정적이네요.

미요 작가 매력 있어. 화면도 잘 받고.

매력이야 넘치죠. 철, 철, 넘쳐흐르지.

문화 포커스에서 짧게 나갈 거야. 30초.

고맙죠, 그것도. 참, 내일 박물관 모의 전시하는데 올 거죠?

아, 내일이었나? 전시 오픈하면 갈게. 내일은 다른 취재가 있어서.

그래요, 그럼.

방송국 기자는 카메라를 들고 전시장 밖으로 나갔다. 스태프 몇 명이 조명 위치를 확정 짓고 있었다. 서른 장의 그림이 작은 전시실에 흩어진 채 불빛을 받고 있었다. 그림은 대부분 사물을 그린 것이었다. 안경, 의자, 책 같은 사물을 그렸지만 형체를 알아보긴 쉽지 않다. 모든 두께를 없애고 뼈대만 살린 다음 그걸 평면으로 그린 작업들이다. 입체는 가라앉고 평면 위에 여러 선들이 어지럽게 널려 있었다. 그림 속 사물은 사물이지만 사물이라고 부를 수 없었다. 용철은 전시장을 천천히 걸어 다니면서 그림을 보았다. 용철과 미요는 전시의 제목을 '뼈골본 전'이라고 붙였다. 한글 '뼈'와 한자 '骨'과 영어의 'bone'을 합친 제목이었다. 제목을 결정하면서 용철은 한중미 삼국에 널리 통용될 수 있는 제목이라고 농담을 던졌고, 전시 끝났을 때 본전만 챙기면 좋겠다고 미요가 농담을 되돌려주었다. 용철은 전시가 성공적일 것이라는 예감이 들었다. 전시장으로 돌아온 미요에게서 담배 냄새가 짙게 났다.

이제 뭐 해요?

기다려야죠.

전시 오픈하려면 두 시간이나 남았잖아요.

기자들 몇 명 더 올 거예요.

인터뷰 또 하라고?

미요 씨가 할 일이 그거잖아요.

얘기하면서도 내가 무슨 말 하는지 모르겠어요.

아까 잘하던데요?

잘하긴 뭘 잘해요. 뭔가 있어 보이려고 아무 얘기나 막 하는 거지. 큐레이터님이 대신 인터뷰해줘요.

내가 하면 너무 번드르르해서 별로예요.

말을 너무 잘 해서?

사람들이 나더러 사기꾼 같대요.

하하, 그러고 보니 좀 그런 느낌이 들긴 하네.

말이 심하시네.

나 오늘 그걸 안 가지고 와서 그래요.

뭘 안 가져와요?

그걸 뭐라 그러지. 인터뷰 하면 무슨 이야기 해야지, 써놓은 게 있어요.

핸드폰에 썼어요?

아니요. 그거 뭐라 그러지, 노트가 아니고……

다이어리?

아뇨. 더 작은 거. 손바닥만 한 거.

메모패드?

아뇨.

몰스킨?

몰스킨은 상표잖아요.

아…… 수첩?

맞다, 수첩. 수첩을 안 가져왔어요.

수첩이란 말이 생각이 안 났어요?

자주 그래요.

저도 자주 그래요.

그래요?

혼자 병명도 지었어요.

뭐요?

명사분실증.

그러고 보니……

그렇죠?

명사만 잃어버리네요.

원래 그런 거래요.

몰랐어요.

명사부터 잃어버리고 다음엔 형용사와 동사를 잊어버리고……

정전될 때처럼 완전 깜깜해지죠?

맞아요.

하나씩, 결국 다 잃는 거래요?

안 그런 사람도 있겠죠.

그럼 저는 분실증 초기 환자인 거네요. 다행이다.

위로가 되죠?

무척.

언제부터 그랬어요?

모르겠어요. 언제부터 그랬는지도 기억 안 나요.

힘든 시기를 통과한 뒤에 그럴 수 있대요.

통과한 뒤에요?

통과하고 나서는 잊어버리고 싶고, 지워버리고 싶어서.

난…… 지금 통과 중인 거 같은데요.

통과 중에도 그럴 수 있겠죠.

현재를 지워버리고 싶어서요?

그렇겠죠.

그건 아닐 거예요. 지금을 지워버리고 싶진 않아요.

요새 힘든 일 있어요?

힘들 만한 일이 있긴 하죠.

오늘은 좋은 날이니까 좋은 일만 생각해요. 주인공이잖아요.

바보 같은 소리 마요.

뭐가요?

좋은 일만 생각하는 날이 어디 있어요. 내가 어린애인 줄 알아요?

그런 얘기가 아니라……

네, 알아요. 알겠어요.

슬슬 손님 맞을 준비를 해볼까요?

얼마 전에 친구가 죽었어요.

네?

제일 친했던 친구요. 유서는 없었어요.

사고로?

아뇨, 자살일 거예요.

유서가 없다면서요.

유서는 생략한 거죠. 원래 별로 말이 없던 애였어요.

갑자기 그런 거예요?

갑자기 뭐요?

갑자기 죽었냐고요.

저한테는 갑자기죠. 걔는 어떨지 몰라도.

마지막 인사 같은 것도 없었어요?

걔 가방이 제 방에 있어요.

두고 갔어요?

일부러 그랬는지도 몰라요. 찾으러 올 것처럼 두고 가더니, 안 왔어요. 아직까지 가방을 열어보지도 못했어요.

왜요?

못 열어보겠어요.

뭔가 들어 있을 것 같아서요?

모르겠어요.

아니면 아무것도 없을 것 같아서?

그럴지도.

어떤 심정인지 알 것 같아요.

알겠어요?

네, 알겠어요.

바보, 알긴 뭘 알아요. 손님 맞을 준비나 해요.

폭죽이 하늘로 올라가면서 전시가 시작됐다. 용철만의 의식이었다. '이것은 정용철이 기획한 전시입니다'라는 인증 같은 것이었다. 관객을 들뜨게 하는 효과도 있었다. 폭죽 소리를 듣고 난 후 전시장에 입장한 관객들은 맥박이 빨라질 수밖에 없다. 청각은 시각에 영향을 미친다.

많은 사람들이 다녀갔다. 용철의 영향력과 미요의 인기가 합해진 결과였다. 종이컵에 와인을 따라 마시면서 사람들은 미요의 그림에 대해 이야기했다. 삼차원과 이차원과 입체와 평면과 형체와 구조에 대해 이야기했다. 미요는 사람들 틈에서 그런 이야기를 들었다. 자신의 작품에 대해서 이야기하는데도 무슨 말인지 모르는 것처럼 어리둥절한 표정을 지었다. 용철은 잘 아는 사람들에게 미요를 소개하기도 했고, 미요에게서 낯선 사람을 소개받기도 했다. 멀리 떨어져 있을 때에도 용철은 미요가 뭘 하고 있는지 살폈다. 주인공에 대한 예우였다. 전시가 끝나고 사람들은 회식 장소로 이동했다. 스무 명 정도의 사람이 싸구려 횟집에 남았다. 두께가 얇은 광어회와 우럭회가 낮게 깔린 접시가 다섯 개 나왔다. 오, 사, 이십, 용철이 낮게 중얼거렸다. 모자란 거 있으면 더 말씀하세요, 라고 용철이 큰 소리로 외쳤다. 용철과 미요는 멀리 떨어져 앉았다. 누군가 소주를 쏟았고, 누군가 매운탕을 휘젓다가 냄비가 기울기도 했다. 용철의 잔에 쉴 새 없이 소주가 가득 찼다. 칭찬과 함께 소주를 따라주면 마다하기 힘들었다. 용철은 한 시간도 버티지 못

하고 취했다. 술에 취하자 용철의 시간이 변했다. 실선이던 시간이 점선으로 변했고, 점선의 간격은 점점 넓어졌다. 내일 아침이면 기억나지 않는 순간이 많을 것이라는 예감이 들었다. 먼 쪽의 탁자에 있는 미요의 얼굴이 보였다. 용철의 눈에 미요의 얼굴은 고요하고 평온했다. 미요가 술을 잘 마시던가. 미요의 잔에 소주가 채워져 있었지만 마시는 걸 보지는 못했다. 용철은 다시 소주잔을 비웠다.

어이, 아저씨. 일어나봐.

응?

고추망태 아저씨.

뭐…… 야.

큐레이터 선생님, 얼른 일어나보시어요. 오늘 일하러 가셔야죠. 돈 벌어서 집세 내셔야죠.

여기 어디야?

어디긴, 집이지.

집?

기억 하나도 안 나지?

기억?

어떻게 들어왔는지 기억 안 나지?

왜 안 나. 전부 기억나.

웃기시네. 기억 전부 다 나는 사람이 옷장에다 소변을 봐?

응? 정말?

뻥.

야, 뭐야, 깜짝 놀랐잖아.

자기 내가 데리고 온 건 기억나?

정말? 뻥이지?

뻥 아냐. 술 마시다 전화받고 데리러 갔잖아.

아, 그랬구나, 미안.

미안한 줄 알면 빨리 씻고 밥이나 먹어.

알았어. 잠깐만 정신 좀 차리고.

용철은 정신을 되돌리기 위해 천장의 한 점을 응시했다. 용철이 기억을 되살릴 때 쓰는 방법이다. 계속 응시하면 어느 순간 점이 넓어지고 커진다. 그 안에 있던 기억들이 점의 구멍을 비집고 나와 용철의 눈앞에 나타난다. 미요의 얼굴이 보였다. 더 이상 나타나는 게 없었다. 둥근 술잔이 보였고, 비틀거리면서 걸어가고 있는 자신의 모습이 보였다. 어디로 걸어가는지는 알 수 없었다. 웃음소리도 들렸다. 용철의 눈앞에 뜻밖의 기억이 나타났다. 용철이 누군가의 손을 잡고 있었다. 누구였지? 얼굴은 보이지 않았다. 용철은 머리를 좌우로 세게 흔들었다. 천장의 점이 사라졌다. 용철은 머리맡에 있는 휴대전화를 확인했다. 민희에게 전화를 걸었던 시간은 새벽 1시였다. 1시까지 무슨 일이 있었던 걸까. 휴대전화 옆의 지갑을 열었다. 현금은 그대로였다.

나 가방은 들고 왔어?

가방? 없었는데? 들고 나갔었어?

들고 나갔잖아.

그랬나?

술자리에 없었어?

사람들은 계속 마시고 있었고 난 자기만 데리고 나왔지. 가방은 못 봤어.

분명히 술집 들어갈 때 들고 있었어.

그럼 누가 챙겼겠지. 술집에서 보관해놓았거나.

술집이 어디였지?

그것도 기억 안 나?

아니, 나긴 하는데, 약간 헷갈려서.

웃기시네. 자기 자주 가는 이자카야.

맞다. 기억난다.

명사분실증도 모자라서 이제 가방 분실까지 하시네. 이러다 나도 분실하는 거 아냐?

거기 있을 거야. 내가 이자카야 갈 때까지 들고 있던 거 기억나.

용철은 기억나지 않았다. 인터넷 검색으로 이자카야의 전화번호를 알아냈지만 연결은 되지 않았다. 아침 10시에 전화를 받을 리가 없었다. 용철은 서둘러 씻고 밥을 먹으면서 가방에 들어 있는 게 뭔지 생각했다. 스케치 노트와 전시 도록 몇 권과 필통, 휴대전화 충전기, 며칠 전에 산 시집 한 권이 들어 있었다. 잃어버린다고 해서 크게 문제될 건 없었다. 뭔가 더 들어 있었던 것 같은 기분이지만 더 이상은 기억나지 않았다. 문제는 가방이었다. 유럽 여행 중 벼룩시장에서 산 것인데, 잘 들지 않다가 하필이면 전날 챙겨 나갔다. 아끼는 물건이라기보다 몇 번 쓰지 못한 물건이라 아쉬움이 생겼다. 아직은 잃어버린 게 아니었지만 마음을 먹고 있긴 해야 했다.

박물관으로 향하면서도 찜찜함은 사라지지 않았다. 가방이 없는 것도 문제였지만 무슨 일이 있었는지 기억나지 않는 게 더 큰 문제였다. 미술계 선배들에게 실례를 한 건 없는지, 싸움이 일어난 건 아닌지, 다들 무사히 잘 돌아갔는지, 빨리 취한 주제에 뒤늦게 걱정이 넘쳤다. 용철은 술자리에 있던 후배 화가에게 전화를 걸었다.

깼어?

응, 형. 목소리 쌩쌩하네.

어제 잘 들어갔지?

잘 들어갔지. 형 가고 나서 30분쯤 있다가 다들 갔어.

혹시 너 내 가방 봤냐?

가방? 모르겠는데.

너, 마지막에 나왔어?

다 같이 일어났어. 가방은 없었는데……

그래?

다들 취했으니까 술집에 있을지도 모르겠네.

그래, 술집에 있겠네, 그럼.

형 어제 많이 취했지?

초반에 빨리 마시니까 확 취하더라.

내가 민희 누나한테 전화했어. 형 데려가라고.

그랬구나.

둘이서 아주 쌩쇼를 한 거 기억 안 나지?

둘이서? 누구랑?

누구긴, 미요 씨지.

무슨 쇼를 했어?

끝말잇기 한 거 기억 안 나?

끝말?

자기들이 뭐라더라? 맞다. 단어분실증 환자들이라고 계속 끝말잇기를 해야 살아남을 수 있다고……

오래 했어?

오래 하는 게 문제가 아니고, 계속 이상한 단어들 얘기하는데 웃겨 죽는 줄 알았지.

미요 씨도 취했어?

몰라. 미요 씨는 별로 취한 거 같지 않았는데, 소리 지르는 거 보면 아주 정신 나간 사람 같았어.

씨발, 쪽팔리네.

쪽팔릴 거까진 없고, 그냥 웃겼어.

다른 별일은 없었고?

응, 후배 한 명 토한 거 말고는 비교적 유쾌하게 끝났어.

다행이다.

형 기분 좋아 보이더라.

기분 좋아야지. 전시 오픈인데.

형은 돌파구를 발견한 것 같아서 보기 좋아.

그래 보여?

그렇잖아.

나도 깜깜하다.

형이 깜깜한 거면 우리들은 통째로 블랙아웃이다.

곧 전기 들어올 거야.

근처에 발전소가 없어.

그렇게 있다 보면 성냥불 같은 게 갑자기 보일 거야.

술 먹고 나면 이게 문제야. 다음 날 되게 우울하다니까.

다음에 둘이서 한잔하자.

형, 미요 씨 전시 좋더라.

그래?

형은 잘 기억 안 나겠지만 다들 전시 좋다는 얘기 많이 했어.

그건 기억나.

자기 편한 거만 기억하네.

원래 인간이 그런 거야, 인마.

어서 해장이나 하셔.

그래, 나중에 보자.

얘기를 듣고 보니 기억이 날 것 같았다. 용철은 미요의 손을 잡고 계속 무언가 이야기를 했다. 단어를 말했던 것 같았다. 어떤 단어였는지는 기억나지 않았다. 용철은 미요의 전화번호를 검색했지만 발신 버튼은 누르지 못했다. 좀더 기억이 되살아난 다음에 전화를 거는 게 나을 것 같았다. 전화기 액정을 들여다보고 있는데 전화가 걸려왔다.

자기야, 잠깐 통화 가능?

응, 가능.

셔츠 냄새나서 빨려고 봤더니 종잇조각이 있더라.

종이?

이게 뭐야, 무슨 암호문 같기도 하고…… 숫자도 적혀 있고, 글씨도 있는데, 뭔지 알아보진 못하겠다.

카메라로 찍어서 보내줄래?

그럴게.

고마워.

자기 이상한 사람 아니지?

그게 무슨 말이야?

스파이나 이중 첩자나 그런 거 아니지?

진심이야?

하긴……

하긴, 뭐.

단어도 다 까먹으시는 분이 무슨 스파이를 하겠어.

빨리 전화 끊고 사진이나 찍어서 보내줘.

롸저. 카피 댓.

종이의 앞뒷면을 찍은 사진 두 장에는 갈겨쓴 글씨가 가득했다. 끝말잇기를 하면서 적어놓은 단어들이 분명했다. 꾸불꾸불한 선들이 이리저리 흘러 다니고 있었다. 용철은 두 손가락으로 사진을 확대해봤다. 한두 글자를 알아볼 수는 있었지만 어떤 단어인지는 파악하기 힘들었다. 스파이들의 암호문으로 착각하는 것도 이해할 수 있었다.

박물관에서는 모의 전시를 관람할 관객이 입장하고 있었다. 용철은 서둘러 사무실로 들어갔다. 학예사 준철은 자리에 앉아서 모니터를 들여다보고 있었다.

늦었네.

죄송해요. 시작했죠?

나도 막 들어왔어. 아주 늦진 않았어.

오늘 동선은 어떻게 짰어요?

순방향.

그럼 1번이 오스틴이네요?

큐레이터 정 선생님께서 1번에다 오스틴을 넣었는데 역방향으로 돌릴 수야 있나.

고마워요.

고맙긴, 관객들 표정부터 좀 보자고.

5번 카메라 봐요.

저 아가씨 눈빛, 그림 뚫고 나가겠는데?

지난번 배치보다 일단 집중도는 올라간 것 같죠?

8번 남자 봐.

팔짱 낀 거 보니까 마음에 드는 눈치인데요.

'무슨 그림을 이따위로 그렸어?' 이런 마음일 수도 있어.

노려보는 거 같진 않아요.

조금 있으면 '여기 담당자 어디 있어. 당장 그림 그린 사람 나오라고 해' 그럴 수도 있어. 식당에서 주방장 부를 때처럼.

다행이네요.

뭐가?

화가가 아프리카에 있잖아요.

혹시 화가 불러달라고 하면 아프리카는 정규가 다녀와.

고맙네요. 출장도 보내주시고.

자, 관객들 2번 섹터로 넘어갔다.

지금까진 확실히 흐름이 좋아요. 관람 시간도 늘었고, 표정도 훨씬 좋아요. 그림 앞에 서 있는 평균 시간도 길어졌고, 초반부터 집중력 좋은데요?

날씨랑 상관있을 수도 있고.

좀더 보죠.

난 솔직히 모의 전시가 얼마나 효과 있는지 모르겠어.

제가 효과를 보여드릴게요.

자신만만하네.

그럼요.

관람객의 평균 관람 시간은 45분. 모의 전시 중 최장 시간이다. 30분 만에 전시장을 빠져나간 사람은 바쁜 일이 있어 보였다. 휴대전화를 받으면서 빠른 걸음으로 걸어 나갔다. 최고점과 최저점은 평균에 합산하지 않는 것이라고, 용철은 생각했다. 한 시간이 지났지만 전시회장에는 열 명도 넘는 사람이 남아 있었다.

전시장의 동선 중에서 용철이 가장 중요하게 생각하는 것은, '되돌아가고 싶은가'였다. 전시장을 한 바퀴 돌아본 다음 처음부터 다시 보고 싶어져야만 성공한 배치라고 생각했다. 한 번 더 보고 싶어진다는 것은 전체 맥락을 이해했다는 것이고, 맥락을 이해한 사람은 전시를 처음부터 다시 보면서 디테일을 찾고 싶어 한다. 두 번째 볼 때 그림은 더욱 아름답다. 용철은 관객의 움직임과 표정을 꼼꼼히 기록했다. 전시 시작 후 한 시간 반이 지났을 때 전시장 입구에 낯익은 얼굴이 보였다. 전시장 입구에서 직원에게 뭔가 이야기하고 있는 사람은, 미요였다. 용철은 준철에게 양해를 구한 다음 전시장 입구로 갔다.

미요 씨.

오라고 해놓고 입구에다 얘기도 안 했어요?

네?

그 표정은 뭐예요? 설마 기억 못 해요?

제가, 그러니까…… 오라고 한 거죠?

우와, 뒤통수 제대로 치시네요. 술 취한 거 같더라니.

미안해요. 어서 들어와요.

어제, 기억 전혀 안 나요?

기억나요. 우리 끝말잇기도 하고 종이에다 단어도 엄청 적었잖아요.

푸하. 하이라이트는 기억하시네.

그건 기억해야죠.

어디서부터 보면 되는 거예요?

용철은 미요와 함께 그림을 보기로 했다. 컴퓨터로 동선을 짜면서 수백 번 넘게 그림을 봤지만 실제 'E4' 배치를 보지는 못했다. 실제 배치를 할 때 현장에서 지휘를 하지만 전날엔 미요의 전시 때문에 그럴 수 없었다. 용철은 미요의 뒤를 따라갔다. 앞질러 설명하지 않았다. 미요의 미묘한 반응을 놓치지 않기 위해 표정을 살폈다. 미요는 천천히 걷다가 멈춰 서기도 하고, 손가락으로 턱을 만지작거리거나 검지와 중지로 번갈아가며 허벅지를 두드렸다. 처음엔 뒤따라오는 용철을 신경 쓰는 것 같더니 어느 순간 주위에 뭐가 있는지 잊어버린 듯했다. 설탕이 물에 풀리듯 미요는 천천히 공간 속에 녹고 있었다. 전시장 중간 지점에서 미요가 갑자기 용철을 바라보았다.

이 그림 누구 거예요?

맞혀봐요.

내가 아는 사람이에요?

알 수도, 모를 수도……

됐어요. 몰라도 그만이에요.

맞아요. 몰라도 그만이에요.

지금까진 훌륭한데요?

그래요?

가끔 큐레이터의 야망이 지나치게 드러난 대목이 있긴 하지만, 그 정도는 애교로 봐줄 수 있어요.

애교 부린 거네요, 미요 씨한테.

애교를 들킨 거죠.

낯 뜨겁네요.

이제 이 그림으로 전시의 반이 접히는 건가요?

데칼코마니 전시가 아니에요. 계단참 같은 거죠.

잠깐 쉬어가는 그림이에요?

게임 좋아해요?

별로요.

게임을 하다 보면 세이브포인트라는 게 있어요. 지금까지 게임한 걸 저장해두는 지점이죠.

지워지지 않도록?

상기시키는 거죠. 지금까지 본 걸.

그럴싸한데요?

그럴싸한 전시를 만드는 게 제 직업이에요.

미요는 세이브포인트에 걸린 그림을 한참 들여다보다가 다시 걸었다. 미요가 걷는 속도는 점점 느려졌다. 힘이 빠져서가 아니라 신중해진 것이었다. 전시의 절반을 지나고 나서는 미요의 뒤를 따라가며 용철도 그림을 보기 시작했다. 한 사람의 관람객이 되어 전시를 객관적으로 보았다. 조명의 위치와 작품의 높이나 간격보다 그림에 집중했다. 대부분 용철이 좋아하는 그림들이었다. 어둡지만 탁하지 않은 작품들이었다. 크지만 황량하지 않은 작품도 많았다. 화려하지만 불투명한 작품도 더러 있었다. 용철은 그림들을 보면서 천천히 걸었다. 전시장에 관람객이 모두 빠져나간 후였다. 뒷정리를 하고 있는 스태프 몇 명과 미요와 용철뿐이었다. 미요의 하이힐 뒷굽 소리가 동선 따위 염두에 두지 않고 어지럽게 뻗어 나갔다.

미요는 10분째 한 그림 앞에서 움직이지 않았다. 고개를 오른쪽으로 살짝 젖힌 채 하염없이 그림을 들여다보고 있었다. 용철도 미요의 뒤편에서 그림을 보았다. 두 명의 여자가 손을 꼭 붙들고 화면 밖을 응시하는 그림이었다. 왼쪽 여자는 옅은 미소를 지었고, 오른쪽 여자는 표정이 없었다. 왼쪽 여자의 왼손과 오른쪽 여자의 오른손은 단단하게 얽혀 있었다. 식물의 뿌리처럼 뒤엉켜 있었다. 절대 떨어지지 않겠다는 의지가 근육과 힘줄로 드러났다. 둘의 얼굴은 붉었다. 뺨은 더 붉었다. 아랫눈시울은 촉촉했고 턱은 굳세게

닫혀 있었다. 두 사람의 다리는 자신들을 끌어당기는 외부의 힘에 맞설 수 있을 만큼만 벌어져 있었다.

그림을 보고 있는 미요의 모습은 두 여자와 닮아 있었다. 그림이 아니라 거울 같았다. 용철은 차마 미요의 얼굴을 훔쳐보지 못했지만 그림 속 두 여자의 표정과 비슷하지 않을까 생각했다. 길고 긴 시간을 사이에 두고, 두 여자와 미요는 대치하고 있었다. 20분쯤 그림을 들여다본 미요가 걸음을 뗐다. 다른 그림은 보지 않고 곧장 걸었다.

큐레이터님, 저 갈게요.

다 봤어요?

네. 그만 봐도 될 거 같아요.

미요 씨.

네.

미요 씨.

네.

울어요?

아뇨.

눈이 빨개요.

그런 건 좀 모른 척해주면 좋잖아요.

미안해요.

저도 모의 전시 관객으로 생각하는 거예요? 왜 우는지 알고 싶어요?

아니에요. 미안해요.

저 여자들, 화가 앞에서 포즈를 취했겠죠?

그랬겠죠.

얼마나 오랫동안 저렇게 손을 꽉 붙들고 있었을까요.

꽤 긴 시간이었겠죠.

깍지 낀 손을 아무리 들여다봐도 시간이 보이질 않아요.

막 잡은 손 같죠?

깍지 낀 손에서 분노가 보여요.

놀라운 그림이죠.

그림은요, 순간을 낚아채진 못해요.

그렇죠.

사진이 부러울 때도 있어요.

찰나가 부러워요?

그림을 그리는 중에도 시간은 흐르니까요. 멈출 수 없어요.

그렇죠.

그림 속 여자들이 나한테 말을 걸었어요.

뭐라고요?

멈출 수 없어요. 아무것도.

멈출 수 없다.

네.

무슨 말인지 알겠어요.

진짜 알겠어요?

아뇨, 모르겠어요.

몰라도 상관없어요.

상관없죠.

전시 고마워요. 잘 봤어요.

전시가 왜 좋은 줄 알아요? 똑같은 지점에서 출발하지만 절정은 다 달라요.

클라이맥스 말하는 거예요?

오르가슴일 수도 있고요.

절정이 끝나면, 모든 게 시들하죠.

그렇죠? 모든 게 무의미해져요.

이걸로 다 됐다, 싶죠. 더 이상 보고 싶은 게 없어요.

더 이상 필요한 게 없기도 하고, 필요한 걸 찾았던 내가 바보같이 느껴지기도 하고……

염세적이시네요.

가끔 이 전시장이 인간의 뇌 같다는 생각을 해요. 내가 만든 뇌 속에 관객들이 들어와서 생각을 하는 거죠.

자신의 기억도 보고요.

환청을 듣는 사람도 있어요.

우리 같은 분실증 환자들에게 딱 좋은 장소네요.

왜요?

여긴 명사가 필요 없잖아요.

그러네요.

전 제 전시장 가보려고요. 뼈들이 잘 있는지 가봐야죠.

저도 저녁 때 들를게요.

그래요.

미요가 가고 난 후 용철은 미요가 오랫동안 바라본 그림 앞에 다시 섰다. 손을 잡고 화가 앞에 선 두 여자를 생각했다. 멈출 수 없다. 용철이 중얼거렸다. 용철은 그림 몇 장의 배치를 바꾸고 순서를 최종 확정했다. 전시 시작이 15일 앞으로 다가왔다. 전시는 두 달 넘게 이어질 것이다. 박물관 일을 모두 끝낸 시간은 저녁 6시였다. 용철은 일하는 동안 여러 번 이자카야에 전화를 했지만 연결되지 않았다. 직접 갔더니 매주 월요일은 정기 휴무라는 종이가 유리문에 붙어 있었다. 용철은 전시장으로 갔다.

전시장에는 열 명 정도의 관객이 그림을 보고 있었다. 평일 저녁치고는 많은 편이었다. 미요는 입구 책상에서 전시회 도록을 보고 있었다. 미간을 찡그리고 입술을 앙다문 미요의 모습을 용철은 지켜보았다. 미요가 고개를 들어 용철을 확인하고는 손을 흔들었다.

뭐해요?

큐레이터 선생님이 쓴 해설 읽고 있어요.

왜요?

한 번 읽었는데 잘 모르겠어서 또 읽고 있어요.

전부 헛소리예요. 읽지 마요.

제 작품에 대해서 쓴 거잖아요. 다 외워버릴래요.

왜 그래요, 부끄럽게.

이 말 좋아요. '평면은 무한한 입체다'.

왜 좋아요?

무슨 말인지는 잘 모르겠는데, 어감이 좋아요. 평면, 입체, 무한. 무한 입체 평면. 입체 평면 무한. 무한. 무한.

미요 씨 그림에 다 들어 있는 거예요.

대단한 작가네요.

그렇죠. 이제 알겠어요?

모르겠어요.

난 미요 씨 초기작 보고 깜짝 놀랐어요. 제일 먼저 봤던 게…… 그거 있잖아요.

뭐요?

화장실에 있는 거 있잖아요. 아, 또 단어 생각 안 나네.

칫솔?

칫솔도 그린 적 있어요?

네.

그림 재미있겠네요. 그거 말고 물 받을 수 있는 곳요.

세숫대야? 세면대? 그건 그린 적 없는데……

아뇨.

세수하는 곳 말고요?

세수 아니고. 몸 씻는 곳이요.

아……

알겠죠?

네. 맞아요. 그거 그린 적 있어요.

이름이 뭐죠?

물 받아서 목욕하는 곳이잖아요.

맞아요. 목욕, 목욕탕, 목욕실, 목욕장…… 아니고, 뭐지.

생각났어요. 욕조.

맞다. 욕조. 그 그림 되게 좋아했어요. 종이 위에다 물을 부으면 욕조가 부풀면서 물이 담길 것 같았어요.

욕조 그림 저도 좋아해요.

명사분실증 환자 둘이 얘기하니까 힘드네요.

그래요? 저는 재미있는데. 스무고개 하는 거 같잖아요.

참, 어제 술자리 끝까지 있었죠?

네.

혹시 가방 하나 못 봤어요? 밤색 가죽 가방인데 손잡이 근처에 낙서도 있고……

아, 봤어요. 그거 큐레이터님 거예요?

네. 분명히 가게에 있었죠? 가게에 가봤는데 오늘 쉬는 날이네요.

어, 그 가방 제가 가지고 있어요.

미요 씨가요?

네. 어제 제가 들고 갔나 봐요.

왜요?

몰라요. 일어나니까 방에 있던데요?

어제 취했어요?

좀 취했었나 봐요. 일어나서 누구 가방인가 싶었죠.

가방 열어보면 제 이름 적혀 있는데……

못 열어봤어요.

아무튼 다행이네요.

지금 갖다 드릴까요? 차에 있어요.

주차 어디에 했는데요?

지하철역 공영주차장이요.

멀잖아요. 이따 줘요.

가방 안에 뭐 들어 있어요?

별거 없어요.

가방 안에 든 것 중에서 제일 중요한 게 뭐예요?

글쎄요.

잃어버리면 절대 안 되는 거.

없을걸요. 절대 잃어버리면 안 되는 건 가방에 안 넣죠.

그래요?

전 그래요.

그렇구나.

전시장 문을 닫을 때까지 미요와 용철은 함께 있었다. 용철은 전시장 안쪽 사무실에서 잡지에 기고할 글을 썼고, 미요는 자신의 도록을 계속 들여다봤다. 가끔 휴대전화로 무언가를 확인하기도 했다. 미요와 용철은 8시에 전시장 문을 닫고 밖으로 나섰다. 주차장까지는 10분 정도 걸어야 하는 거리였다. 둘은 나란히 걸었다. 미요가 말을 걸었다.

큐레이터님은 왜 명사분실증이 된 거 같아요?

네?

그랬잖아요. 힘든 시기를 통과하고 나면 그럴 수 있다고.

모르겠어요.

모를 수도 있구나.

자연적인 퇴화 아닐까요?

에계, 겨우 삼십대 중반인데요?

인간의 전성기는 십대 때래요.

에이, 누가 그래요?

과학자들이 그랬어요.

못 믿을 과학자들이네.

십대 땐 별로였어요?

완전 별로였죠.

하긴, 저도 그랬어요.

뭔가 통과하고 나면 그럴 수 있다고 했잖아요.

네.

그런 것 같아요. 통과하면서 하나씩 지불하는 기분이에요.

통과할 때마다 단어 하나씩?

와, 그런 거면 좋겠어요. 잘 통과할 수 있으면 명사 같은 건 마음대로 줄 수 있는데.

그러다가 나중엔 말도 제대로 못 하겠는데요?

명사 말고 부사나 감탄사나 동사로만 얘기하죠 뭐.

그래도 되긴 하겠네요.

나는 걷는다.

오호.

나는 잘 걷는다.

어디로 가요?

나는 도착한다.

어디에?

나는 매우 빨리 도착한다.

그리고?

나는 타고 간다.

뭘 타고?

나는 굴러가는 걸 타고 도착한다.

웃겨요. 그만해요.

명사 없으니 이상해요?

이상해요.

괜찮아요. 나중엔 아무 말 없이 그냥 그림만 그리죠, 뭐.

좋겠네요.

뭐가 좋아요?

그림을 그릴 수 있어서요.

아무나 그릴 수 있어요.

아무나 그릴 수 있지만 누구나 그릴 순 없어요.

누구나 그릴 수 있어요.

미요는 고개를 양쪽으로 흔들면서 앞으로 걸었다. 용철은 가방을 들고 있는 미요의 손을 보았다. 앞으로 걸었다. 공영주차장에는 차가 가득했다. 미요가 자신의 차를 찾는 데 한참이 걸렸다. 공영주차장을 두 바퀴나 돌았다. 뒷자리에서 용철의 가방을 꺼냈다. 미요는 가방을 한 번 툭 치더니 용철에게 건넸다. 미요의 손과 용철의 손가락이 가볍게 스쳤다.

이거 맞죠?

네. 맞아요.

반갑죠?

반갑네요.

용철은 가방을 손에 쥐었다. 가죽 손잡이의 솔기가 손바닥에 닿았다. 미요가 운전석 문을 열며 용철에게 물었다.

태워드려요?

아뇨. 걸어갈게요.

내일 봐요.

네, 내일 봐요.

미요의 차가 떠나고 난 후, 용철은 자신의 생각보다 가방이 가벼워졌다는 느낌을 받았다. 무언가 빠져나간 것이 있을지도 몰랐다. 미요가 무언가 빼낸 것이 아니라 술자리에서 가방 속에 든 무언가를 용철이 직접 버렸을지도 몰랐다. 기억나지 않는 일들이었다. 뭐가 없어졌기에 가방이 가벼워졌을까. 착각일지도 모른다. 가방 안은 그대로일 것이다. 용철은 가방을 들고 손목을 까딱거려보았다. 가방 속에 뭐가 들어 있었는지 정확하게 잘 기억나지 않았다. 가방을 열어보기 전에는 모를 일이었다.

정이현

정용준

정이현은 1972년 서울에서 태어났다. 단편 「낭만적 사랑과 사회」로 2002년 문학과사회 신인문학상을 수상하며 문단에 나왔다. 소설집 『낭만적 사랑과 사회』 『오늘의 거짓말』, 장편소설 『달콤한 나의 도시』 『너는 모른다』 『사랑의 기초—연인들』 『안녕, 내 모든 것』 등을 펴냈다. 이효석문학상, 현대문학상, 오늘의 젊은 예술가상을 수상했다.

상자의 미래

박이 죽었을 때 몇몇 일간지에 일단짜리 부고 기사가 실렸다. 삼선 의원이자 국회 정무위원장을 역임한 원로 정치인이 숙환으로 별세했으며 발인은 다음 날이라는 내용이 포함되어 있었다. 향년 75세. 유족에 대해서는 기술되지 않았다. 숙환이 '오랫동안 앓아온 병'을 의미하는 거라면 꼭 들어맞지는 않는 단어였다. 그는 칠십대의 한국 남성들에게서 비교적 흔히 발견되는 심근계 관련 질환과 전립선 관련 질환을 앓고 있었지만 합병증이 생기거나 사망에 이를 정도로 증세가 악화된 적은 없었다. 박은 자다가 죽었다.

살아서 마지막으로 만난 사람은 가사도우미였다. 그녀는 아침 8시 반경에 와서 저녁 7시 반경에 퇴근했다. 전날 저녁 그녀는 시금치 된장국과 갈치구이, 두부조림과 오이소박이로 저녁 식사를 차렸다. 박은 흑미가 섞인 밥을 3분의 1쯤 남겼고 생선 한 토막을 거의

다 발라 먹었다. 그는 원래 식성이 까다로운 편은 아니었다. 특별히 선호하는 것은 육식이었다. 포유류와 가금류를 가리지 않았다. 냄새가 역하군. 그날 저녁, 두 시간에 걸쳐 완성된 쇠고기사태찜을 가만히 바라보던 그가 말했다. 그 저녁 특이한 점이라곤 그것뿐이었다고 후에 가사도우미는 회상했다. 그녀는 평소 자신의 고용주를 별로 좋아하지 않았는데, 박이 자신을 무시하고 있다고 의심했기 때문이다. 박이 그녀의 인격을 비하하거나 비아냥거리는 태도를 취한 적은 없었다. 그저 그는 도우미에게 아무런 태도도 취하지 않았다. 말년의 그가 모든 사람에게 그러했듯이. 타인에게 아무 태도도 취하지 않음으로써 태도를 완성시키는 방법은 오랫동안 몸에 밴 박의 습관처럼 보였고, 번번이 타인들을 불쾌하게 만들었다. 많은 이들이 박의 과묵을 고압적이거나 권위적인 성격의 일단이라고 받아들였다. 그의 그런 모습은 노회한 정치인의 한 전형처럼 느껴지기도 했다.

빈소는 Y대학병원 장례식장에 차려졌다. 고인이 평소에 이용하던 병원이었다. 박을 담당하던 내과와 비뇨기과 과장, 부원장이 조문을 왔다. 국무총리와 국회의장 명의의 화환이 각각 도착했고 여당과 야당 대표, 헌정회, 재향군인회 등의 화환도 속속 도착했다. 상주 자리는 장조카가 지켰다. 오래전 죽은 그의 큰형의 장남이었다. 조문객은 많지도 적지도 않았다. 한때 그가 누렸던 권력이나 명예를 보자면 적은 편이었고, 외부와 접촉 없이 살아온 최근의 생활 방식을 고려해보면 적다고 할 수 없었다. 빈소를 찾은 이들은 압도적으로 남성이 많았고, 대부분 칠십대 이상의 노인이거나 노인에 가까운 연령대였다. 늙은 사내들의 양복은 검은색 아니면 쥐색이었다. 그들은 남자고등학생 교복처럼 구식 재킷 안에 일괄적으로 조끼를 받쳐 입었고 통이 넓은 바지를 펄럭이며 느리게 걸었다. 풍채가 좋거나 왜소하거나 목소리가 크거나 그렇지 않거나 중절모를 썼거나 지팡이를 짚었거나 모두 무덤덤하고 무기력해 보였다. 박이 임종하던 순간이 화제에 오를 때만 빈소에 돌연 활기가 돌았다. 마지막까지 원은 없으실 분이야. 한 노인이 말했다. 자다가 죽었다고 해서 고통이 없었다는 뜻은 아니지 않느냐고 누군가 말을 받았다. 고통이라고? 다른 노인이 반문했다. 무어든 찰나에 스쳐가버렸다는 게 복이지. 더는 아무도 입을 열지 않았다. 시애틀에 사는 박의 외아들은 끝내 귀국하지 않았다. 겨우 연락이 닿은 그는 사업이 너무 바빠 회사를 비울 수 없다는 입장을 전해 왔다. 우회적이고도 간결한 의사 표명이었다. 상속과 관련된 문제는 변호사를 통해 처리하겠다고 말했다. 고인이 한때 삶의 전부라고 믿었던 이들은 아무도 그곳에 나타나지 않았다.

*

쉰세 살이 되었을 때 양은 S여자고등학교에 25년째 근속 중이었다. 정년까지는 10년이 남아 있었다. 그 10년 사이에 그녀는 S여고의 교무주임이 될 수도 있었다. 운이 좋으면 교감이 될 수 있을지도 몰랐다. 그녀가 정년을 채우도록 스스로를 납득시켜야 할 까닭은 그 밖에도 많았다. 대학 졸업반에 올라가는 딸은 취직 대신 공부를 계속하겠다고 통보해왔다. 로스쿨 입시를 준비하겠다는 것이다. 더 나은 미래를 도모하겠다는 이유였다. 딸이 도모하는 미래는 딸의 것이 분명했으나 아이는 마치 양의 미래를 위해 그 결정을 내린 듯이 굴었다. 딱 1년만 열심히 해보겠다고 아이는 말했다. 내가 변호사 되면 엄마가 제일 좋잖아요. 아무려나 자식에게 꿈이 있고 그 꿈을 이룰 일말의 가능성을 배제할 수 없다면 힘닿는 대로 지원해주는 것이 부모의 의무라고 그녀는 믿었다.

마지막 직장을 그만둔 뒤 아무런 통보 없이 문간방에 틀어박힌 남편을 생각하면 미리 알려준 딸이 고맙기도 했다. 양의 남편은 재취업도, 창업도, 출가도, 자살도 염두에 두지 않는 것 같았다. 방문을 활짝 열어놓지 않았으나 걸어 잠그지도 않았고, 사회적인 이슈에 관심을 보인 적도, 처지를 비관하는 언행을 보인 적도 없었다. 그는 그저, 종일 끼고 뒹굴 수 있는 컴퓨터 한 대와 아내가 채워둔 냉장고 속 먹을거리만 있으면 만족하는 듯했다. 안분지족의 교훈을 몸소 실천하는 삶이라 할 수 있었다. 진즉 이혼을 단행했다면 인생이 달라졌을까. 그랬을 것이다. 그녀는 지금 두 사람이 아니라 한 사람을 부양하고 있을 것이고, 연말정산이 조금 불리하다는 것 말고는 등에 얹힌 짐이 한결 가벼웠을 것이다. 하는 수 없었다. 결정의 순간에 아무런 결단을 내리지 못하는 방식으로 결정해버리고, 전 생애에 걸쳐 그 결정을 지키며 사는 일이 자신이 자초한 삶의 방식이라고 양은 탄식했다.

명예퇴직의 꿈을 또다시 접은 초겨울 아침, 양은 여느 때처럼 출근 준비를 했다. 서두를 필요는 없었다. 눈뜨자마자 머리맡의 안경을 찾아 쓰고, 세수를 하고, 간소한 화장을 하고, 간밤 끓여놓은 국에 밥을 말아 반 공기쯤 먹고, 이를 닦은 뒤, 지난 세기의 어느 날 장만한 겨울 정장 중 하나를 꺼내 입었다. 역시 지난 세기의 어느 날 학부모에게서 선물 받은 목도리를 꺼내 두르고, 입을 만한 몇 벌의 코트 중에 하나를 골라 걸쳤다. 남편이 잠든 81제곱미터 아파트의 현관문을 열고 나서면서 양은 자신의 몸이 25년의 관성으로 움직이고 있음을 느꼈다.

소형차의 운전석에 올라타 숨을 고르고 시동을 켜고 카 오디오 버튼을 누르는 그 짧은 동안만이 그녀의 영혼이 이쪽에도 저쪽에도 속하지 않은 순간이었다. 양은 청취자들의 사연을 주로 소개하는 라디오 프로그램을 즐겨 들었다. 그녀가 듣는 프로그램에 사연을 보내는 사람들은 대개 여자들이었고 인생의 고난과 고통을 참거나 받아들이겠다고 마음먹은 이들이었다. 원래는 더 우둘투둘했겠으나 작가의 윤색을 거쳐 미끈해진 게 분명한 그들의 생애를 경청하다 보면 어느덧 학교 주차장에 도착해 있었다. 그녀는 아까보다 가붓해진 마음으로 운전석에서 내렸다. 애절한 인생들에게 상대적 우월감을 느껴서는 아니었다. 양은 어떤 막막한 사연이라도 담담하고 나직한 목소리로 읽어주는 남자 진행자의 음성을 좋아했고, 그것은 매일 한 알씩 복용하는 아스피린처럼 그녀의 모세혈관을 타고 퍼져 온몸의 피를 맑게 했다. 길이 끊긴 것 같나요? 천만에요. 희망은 그 폐허의 자리에 깃들어 있습니다. 다시 시작할 수 있습니다. 당신이 용기를 잃지 않는다면, 그렇다면 말이에요.

그날 아침 교무 회의에서 겨울방학 해외 교류 프로그램의 인솔자를 모집한다는 소식을 들었을 때 양은 모처럼 가벼운 흥분을 느꼈다. S재단 산하 각 학교의 학생들이 새로 자매결연을 맺은 일본 가나가와 현 요코하마 시를 방문하는 일정이었다. 중학교와 여고, 남고에서 각각 열 명의 학생들과 한 명의 지도교사가 참여하게 된다고 했다. 닷새간 학생들은 낮에는 일본 학생들과의 교류 프로그램에 참여하고 밤에는 홈스테이 방식으로 현지의 가정생활을 체험할 예정이었다. 양은 일본이라는 나라에 특별한 관심을 가지고 있지 않았다. 한일 관계 경색이나 독도 영유권 문제, 아니면 일본산 수산물의 방사능 오염 문제 같은 것에 이렇다 피력할 만한 견해도 품어본 적 없었다. 그러나 요코하마라는 도시는, 달랐다. 아루이테모 아루이테모, 그렇게 이어지는 노래를 좋아하는 사람을 사랑했던 적이 있었다. 아주 오래전이었다. 지방 소도시 고등학교의 교정을 맴돌며 지겹도록 천천히 늙어가는 생을 상상도 할 수 없던 때. 그런 때가 그녀에게 있었다. 「블루라이트 요코하마」. 그것은 양에게 한때의 격정과 한때의 어리석음과 한때의 고통을 상기시켜주는 이름이었다.

양이 요코하마에 가고 싶다는 의사를 밝히자 교감은 놀라는 눈치였다. 교무실 안에서 그녀는 컬러 레이저복합기나 음이온 정수기, 철제 캐비닛보다 존재감이 없는 존재였다. 복합기나 정수기, 캐비닛보다 돋보이고 싶은 욕망은 그녀에게도 없었다. 어쩌면 S여고에 도착한 그 순간부터 그녀는 두드러져 보이지 않기만을 유일한 목표로 삼아왔는지도 몰랐다. 며칠 후 교류단 준비 회의에 참석하라는 전갈을 받고서 그녀는 자신이 대표단에 포함되었음을 알았다. 원하는 바를 이뤄낸 경험이 아주 오랜만이었으므로 그녀는 좀 고무되었다. 같이 가는 다른 지도교사는 중학교의 음악 선생과 남고의 영어 선생이었다. 음악 선생은 늘 새빨간 립스틱을 바르고 다니는 뚱뚱한 여자였고, 영어 선생은 사람은 착하지만 영어를 너무 못해서 원어민 교사와의 의사소통조차 불가능하다는 소문이 나 있는 남자였다. 회의실에는 그들 말고도 세 학교의 교장들이 나란히 앉아 있었다. 그녀가 채 의아해하기도 전에 문이 열리더니 한 남자가 성큼성큼 안으로 들어섰다. 다른 사람들을 따라 양도 얼결에 일어섰다. 사내는 타이를 매지 않은 체크무늬 셔츠에 감색 블레이저를 입고 있었다. 그는 S사학재단의 새 이사장인 장이었다. 아, 반갑습니다. 장이 인사했다. 깍듯하면서도 쾌활한 어조였다. 반사적으로 깊숙이 고개를 숙이면서 양은 일이 이상하게 돌아가고 있다는 느낌에 휩싸였다.

장이 이사장직에 취임한 지는 몇 달 되지 않았다. 그는 S학원 설립자의 외손자이며, 양이 부임하기 전부터 이사장을 맡고 있던 전임 이사장의 조카였다. 전임 이사장은 여든이 넘은 노인이었는데, 평교사 입장에서는 입학식과 졸업식 말고는 얼굴을 마주할 일이 거의 없었다. 졸업식에 참석한 노인은 반쯤 조는 것 같은 표정으로 앉아 있다가 순서가 오면 천천히 단상 앞으로 걸어 나가, 국가에 충성하고 사회에 보은하는 인재가 되라는 하나 마나 한 연설을 맥없는 목소리로 웅얼거리곤 했다. 해마다 더 깡마르고 늙어가는 노인을 멀리서 바라볼 때마다 양은 박을 떠올리지 않으려 애썼다. 노인과 박이 정확히 어떤 관계인지 양은 잘 몰랐다. 두 사람이 생년은 달라도 출신 대학이 같았기 때문에 선후배 사이가 아닐까 유추해보았을 뿐 억지로 알려고 들지 않았다. 그들이 아직도 연락을 하고 지내는지도 알 수 없었다. 양은 노인을 향한 감사의 마음을 잊어본 적이 없었다. 오래전 박의 부탁 한마디에 곧바로 그녀를 채용해주어서가 아니었다. 그 후로 단 한 번도, 그녀에게 알은척을 하지 않아서였다.

S재단에 대해 알고 있는 사람이라면 누구나 이사장이 죽으면 그의 아들들 중 하나가 그 자리를 물려받으리라 예상했을 것이다. 그러나 그 평화롭고 지루한 판도가 깨지는 일이 작년 여름에 일어났다. 그 도시의 여름 한낮 수은주가 35도를 찍던 날, 양이 도로 한복판에서 혀를 빼물고 죽은 고양이 사체를 발견하던 날, 공영방송사의 지역뉴스에 S학원이 재단 비리로 교육청의 감사를 받고 있다는 사실이 단독 보도되었다. 그 후 여러 가지 일들이 빠르게 일어났다. 양으로서는 언제 결성되었는지도 모르는 'S학원 정상화를 위한 양심 교사 모임' 명의의 성명서가 발표되었다. 이사장의 최측근인 행정실장이 배임과 횡령 혐의로 검찰조사를 받았고, 침묵으로 일관하던 이사장도 참고인 신분으로 소환되었다. 그가 비서들의 부축을 받으며 지방검찰청에 출두하는 흑백사진이 지역신문 사회면에 실렸다. 노인은 곧 이사장직에서 물러났다. 얼마간 공석으로 남아 있던 이사장 자리를 차지한 이가 장이었다. 장에 관해 알려진 바는 극히 적었다. 집안에서 내놓은 자식이었는데 이번에 제대로 뒤통수를 쳤다, 젊었을 때 마약으로 문제를 일으킨 적이 있다, 영화 제작에 크게 투자했다 망했다, 망했지만 여전히 엄청난 재력

가다 등의 루머가 넘쳐났다. 전임 이사장이나 그의 아들들과 사이가 좋지 않다는 소문만은 사실인 것 같았다. 신임 이사장의 취임식 날, 전임 이사장 측근인 재단 직원들과 몇몇 교사들이 저지 농성을 벌였다. 새 이사장이 타고 온 흰색 에쿠스는 교정에 들어오지 못하고 교문 밖에서 멈춰야 했다. 곧 양쪽 친위대 사이에 물리적 싸움이 벌어졌다. 중학교 체육 선생이 휘둘러댄 곤봉에 시설팀 직원의 코뼈가 부러졌다. 고소를 한다는 소문이 돌았으나 누가 어떻게 조치를 취했는지 일은 더 확대되지 않고 사그라졌다. 새 이사장의 취임 이후 교무실은 보이지 않는 선에 의해 세 파로 나뉜 듯 보였다. 전임 이사장파, 신임 이사장파, 그리고 무당(無黨)파.

장을 이렇게 가까이서 보기는 처음이었다. 그는 키가 작고 마른 편이었는데 왜소하다기보다는 어쩐지 소년 같은 인상을 가진 남자였다. 앞머리를 한쪽으로 둥글게 내려 이마를 자연스럽게 가린 헤어스타일과 감각적인 디자인의 고동색 뿔테 안경 덕분인지 나이를 가늠키 힘들었다. 장이 입을 열었다. 갑자기 나타나서 놀라셨을 겁니다, 죄송합니다. 그 말이 진짜 사과의 뜻이 아니라 자신의 겸양을 드러내기 위한 수사임을 거기 모인 모두가 모를 리 없었다. 그러거나 말거나 양은 속으로 꽤 놀랐다. 제스처일 뿐이라도 그런 자세를 취하는 성공한 중년 남자를 본 것은 까마득히 오래전이었다. 무엇보다 그녀를 놀라게 한 것은 장의 목소리였다. 그가 차분하면서도 위엄 있는 바리톤의 음색으로 말했던 것이다. 곧이어 그는 새로 자매결연을 맺게 된 요코하마의 학교 이사장과 자신의 인연에 대해 짧게 설명했다. 유학 시절 알게 된 사이라고 했다. 간단히 말씀드려 형제 같은 사이입니다. 예정에는 없었으나 어렵게 시간을 내어 자신도 이번 일정에 동행할 수 있게 되었다는 요지의 문장이 신임 이사장의 입에서 흘러나오자, 교장들의 표정이 미묘하게 변했다.

잘 부탁드립니다. 장이 교사들 쪽을 바라보며 인사했다. 영어 선생이 새삼 목을 숙여 인사하는 시늉을 했고 음악 선생은 잇몸까지 드러내며 환히 웃었다. 양은 자신이 그 여자의 나이를 또렷이 기억하고 있다는 사실에 새삼 화가 났다. 언젠가 여럿이 있는 자리에서 그 여자가 아주 명랑한 목소리로 강조한 적이 있었다. 어머, 선생님 저랑 띠동갑이세요. 그때 양은, 아 김샘도 보기보다 어리지 않네요,라고 간신히 맞받아쳤으나 그것이 상대에게는 칭찬으로 들렸을지도 모른다는 걸 뒤늦게 깨달았었다. 장이 음악 선생을 마주 보며 미소 지었다. 양은 미간을 살짝 찌푸렸지만 아무도 눈치채지 못했다.

출국일, 양은 이른 아침에 집을 나섰다. 여행용 트렁크의 자물쇠를 채운 다음 신발을 신기 전에 남편이 잠든 문간방 앞을 지나쳤으나 노크는 하지 않았다. 집결지는 학교 운동장이었다. 전세 버스를 타고서 하네다행 항공기가 이륙하는 김포공항으로 이동하기로 돼 있었다. 시간이 늦도록 중학교 아이 하나가 나타나지 않았다. 음악 선생이 보호자의 휴대폰으로 전화를 걸었다. 그냥 출발해야겠는데요. 전화를 끊고서 음악 선생이 대수롭잖다는 듯 말을 전했다. 걔네 아버지가 공항까지 바로 태워다 주는 길이래요. 그때 멀리서 흰색 에쿠스가 빠르게 달려와 섰다. 뒷좌석의 차창이 내려가고 장이 고개를 내밀었다. 그는 뿔테 안경 대신 레이밴 보잉 선글라스를 쓰고 있었다. 그 선글라스를 알아보는 순간 양은 소스라쳤다. 자신이 그것을 단숨에 알아보았으며 그와 동시에 박의 얼굴이 놀랍도록 생생히 떠올랐다는 사실 때문이었다. 이상한 두려움이 그녀를 휩쌌다. 양은 마음을 다잡으려 애썼다. 레이밴의 선글라스를 쓰는 사람은 굉장히 많다. 특히 그 모델은 말할 나위도 없이 세계적 베스트셀러였다. 녹색이 감도는 짙은 렌즈 너머로 장이 무엇을 보고 있는지 알 수 없었다. 양은 음악 선생을 향해 단호하게 말했다. 일 처리를 그렇게 하시면 안 되죠. 뜻밖의 반응에 음악 선생이 눈을 껌뻑였다. 정해진 원칙이라는 게 있잖아요? 쉽게 어기기 시작하면 정신없이 무너질 수 있어요. 다음에는 꼭 미리 상의해주세요. 양은 자신이 결연하고 단단한 사람, 함부로 흔들 수 없는 사람으로 비춰지기를 바랐다. 음악 선생에게, 이사장에게, 이 세상 모두에게. 음악 선생이 고개를 까딱했다.

아이는 단체 탑승 수속이 끝나도록 김포공항에 도착하지 않았다. 전화기 너머 아이의 아버지는, 인천공항인 줄 알고 왔는데 어떻게 된 거냐며 되레 짜증을 냈다. 애 일본 보내실 거면 지금 바로 되돌아오세요. 양은 사무적으로 말하고 전화를 끊었다. 교복 위에 또 하나의 교복처럼 무채색 패딩 점퍼를 껴입은 한 떼의 아이들이 출국장 입구에 선 채 웅성웅성 떠들어댔다. 남자아이들 몇은 서로 밀치며 장난을 쳤다. 양은 신경이 날카로워졌다. 그 아이 하나 때문에 비행기를 놓친다면? 좋지 않은 조짐이 있을 때 가장 나쁜 경우를 상상하는 건 사소한 불운을 생애 전체의 불행에 대한 복선으로 확대 해석하는 버릇과 비슷했다. 하네다 도착 시간에 맞추어 현지 가이드와 자매결연 학교의 관계자가 마중을 나오기로 되어 있었고, 곧바로 요코하마로 이동하여 환영식에 참석한 뒤 점심 식사를 해야 했다. 비행기를 놓치면 10분 단위로 짜놓은 모든 계획이 순식간에 어그러지고 말 터였다. 이 모든 사태는 아까 독단적으로 일을 처리한 음악 선생 탓이었다. 양은 화를 억누르기 힘들었다.

먼저들 출발하시면 되죠. 뜻밖에 장이 나섰다. 그는 쉽게 상황을 정리했다. 자기가 뒤에 남아서 아이를 기다리겠다고 했다. 만약 놓치면 다음 비행기로 따라가면 된다고 말했다. 만석이면 어떻게 하느냐고 양이 말끝을 흐리자, 그러면 일등석이라도 타고 갈 테니 걱정하지 말라고 대답했다. 자, 마음 편하게 얼른들 들어가세요. 장은 씩 웃으며, 우리 아이들을 잘 부탁드린다고 덧붙였다. 그가 공항 안에서도 여전히 선글라스를 벗지 않고 있었으므로 양은 조금 덜 불편하게 그의 얼굴을 바라볼 수 있었다. 세련되고 소탈한 남자였다. 박과 달랐다. 어떤 남자와도 같지 않았다. 기내에서 그를 초조하게 기다리면서 양은 감사하다거나 죄송하다고 했어야 하는 게 아닌가 잠깐 후회하기도 했다. 그러나 그보다는 아까 출국장에서 헤어지기 직전 장이 했던 행동, 그녀의 어깨뼈 언저리를 두 차례 가볍게 두드린 그 손짓의 의미를 골똘히 추측하는 데 훨씬 더 많은 시간을 할애했다.

비행기 문이 닫히기 직전에 장이 올라탔다. 여자아이와 함께였다. 장의 레이밴이 어느새 뿔테 안경으로 바뀌어 있었다. 포니테

일로 머리칼을 묶은 소녀는 뛰어오는 동안 울었는지 눈이 벌겠다. 양은 어른도 어린이도 아닌 나이의 인간들이 싫었다. 그 애들은 대개 수치심을 모르거나 얼토당토않게 과장하곤 했다. 장이 아이를 제자리에 앉혔다. 비즈니스 석으로 가다 말고 양의 곁에 잠시 멈춰 섰다. 제가 걱정 마시라고 했지요? 양에게 그것은 영락없이, 매력을 뽐내려는 수컷의 날갯짓처럼 보였다. 그녀는 무척 당혹스러웠다. 비행기는 전속력을 다해 희고 둥근 구름 속으로 빨려 들어갔다.

5일간의 여정에서 양이 장과 단둘이 되어본 순간은 단 두 번뿐이었다. 요코하마의 가나가와 근대문학박물관을 방문한 이튿날, 견학 시간이 예상보다 길어졌다. 투어 프로그램의 안내를 맡은 박물관 직원은 소장품 하나하나를 다 보여주고 싶어 했다. 학생들의 꽁무니를 따라 나쓰메 소세키가 쓰던 잉크병과 가와바타 야스나리의 육필 원고 앞을 지나고 있는데, 장이 귀엣말보다 약간 더 큰 목소리로 속삭였다. 누가 누군지 하나도 모르겠네요. 다른 남자, 이를테면 그녀의 남편 같은 이가 그런 행동을 했다면 양은 벌컥 화를 냈을 것이다. 그런데 장의 말을 듣자 자신이 방금까지 하품을 참느라 무척 고역스러웠음을 새삼 인정했다. 일행은 여러 층의 계단을 걸어 내려가 어둠침침한 창고 안으로 안내받았다. 훈증 소독을 하는 방이라고 합니다. 통역사가 전했다. 기증받은 자료들을 트럭 짐칸에서 내려놓자마자 전용 박스에 집어넣어 이틀 동안 소독을 해야 한다고 했다. 왜요? 남자아이 하나가 물었다. 민가에서 보관하던 자료에는 잡다한 세균이 묻어 있기 마련이니까요. 뒤쪽에서 잘 안 들렸는지 누군가, 뭐라고?라고 중얼거렸다. 더럽다잖아. 어디선가 부주의한 목소리가 들려왔다. 이제부터 강당으로 올라가 준비된 슬라이드와 함께 학예사의 강의가 이어질 예정이라고 했다. 희미한 어둠 속에서 장이 옆에 선 양의 팔꿈치 자락을 살짝 잡아당겼다.

장과 양은 바깥으로 나왔다. 창고와 비교하니 겨울 햇살이 더 쨍하게 느껴졌다. 장은 안경을 벗고 레이밴을 썼다. 유유한 동작이었다. 박물관을 따라 조용한 산책로가 기다랗게 이어져 있었다. 바다가 보이는 전망대까지 걸어가는 동안 그들이 특별한 대화를 나누었던 것은 아니다. 선생님 앞에서 이런 말씀드려서 민망하지만 솔직히 여기까지 와서 수업을 듣고 있기는 좀 그렇지 않느냐,고 장이 말했다. 양은 미소 지었다. 정정하겠습니다, 실은 걱정스러웠어요, 맨 앞에서 꾸벅꾸벅 졸게 될까 봐. 양은 저도 모르게 숨을 들이마시는 소리를 내며 웃었다. 춥지 않아 다행입니다,라고 그가 말했고 정말 그래요,라고 그녀가 대답했다. 요코하마 좋지 않습니까. 장이 말했다. 딱히 답을 기다리지 않는 문장이었지만 양은 또다시, 정말 그래요,라고 맞장구쳤다. 이게 도쿄 만(灣)입니다, 바다죠. 전망대에 커다란 스탠드 망원경이 설치돼 있었다. 장이 동전을 넣어주었다. 양이 렌즈에 눈을 가져다 댔다. 바다는 푸르고 지평선은 머나멀었다. 오후도 좋지만 요코하마는 밤에 참 아름답습니다. 아, 네. 겨울도 좋지만 봄이 가장 좋고요. 네, 그렇군요. 말하자면 그들은 지금 가장 좋은 요코하마보다 조금 덜 좋은 요코하마에 있는 셈이었다. 도달할 데가 남아 있는 겨울 오후. 봄밤에 또 한 번 와보셔야죠. 그녀의 뺨이 붉어졌다.

사흘째부터 마지막 날까지 장은 도쿄에 볼일이 있다며 요코하마를 비웠다. 낯선 도시가 텅 비어버린 것 같은 생경한 느낌에 양은 해야 할 일들이 손에 잡히지 않았다. 만약 지도교사가 그녀 혼자였더라면 그가 적어도 이렇게 휙 가버리지는 않았을 거라는 추측이 양을 괴롭혔다. 아이들이 홈스테이 가정에서 식사를 하기로 되어 있는 마지막 저녁, 가이드가 그들을 역 근처의 이자카야로 안내했다. 장이 그들을 기다리고 있었다. 옆에서 말리지 않았다면 그는 메뉴판에 있는 모든 음식을 다 주문할 기세였다. 선생님들께 정말 감사드린다고 장은 여러 번 말했다. 든든하다고도 했다. 빠르게 술이 돌았다. 음악 선생은 가벼이 잔을 비웠고 장이 추천한 사케가 쌉쌀하면서도 감칠맛이 난다고 호들갑을 떨었다. 오랫동안 양은 자신의 주량 같은 것은 가늠하지 않고 살아왔다. 스스로 취하고 있다는 느낌을 받을 정도로 취했던 것은 25년 전, 박의 단골인 남대문 H호텔 일식당에서 정종을 마신 것이 마지막이었다.

그 밤에 박은 끝없이 울었다. 흐느끼다가 코를 풀고 다시 흐느끼기를 밤이 새도록 반복할 것 같았다. 그는 어린 연인 앞에서 한결같이 다감하고 애정 표현이 풍부한 남자였지만 그토록 처절하게 감정의 맨바닥을 드러낸 적은 없었다. 양은 그들의 사랑이 불투명한 도기 주전자에 담긴 뜨거운 청주 같은 것이었다고 의심해야 했다. 한 잔씩 따라 달게 홀짝이다 보면 이윽고 비어버리는 것. 퍼내어도, 퍼내어도 마르지 않는 술병은 없었다. 눈물을 흘리기 전에 박은 음모에 대해 말했었다. 공작에 휘말렸어. 그는 '적들'이라는 명사와 '저들'이라는 대명사를 병행해 사용했다. 정치인이라는 직업답게 전에도 종종 쓰던 용어였다. 적들이 이미 증거를 확보하고 있어. 저들은 덫에 걸린 짐승은 그냥 놔주지 않아. 그때까지 그녀는 오로지 시간만은 그들의 편이라고 믿었다. 모두에게 져도, 시간에만은 지지 않을 자신이 있었다. 그의 아내는 회복될 길 없는 중병을 앓고 있었고 그건 암흑의 바다 끝에 희미하게 반짝이는 불빛이 보인다는 뜻이었다. 다음 선거는 포기해야 할 것 같아. 그가 비장하게 말을 이었다. 나는 감당할 수 있지만 당신이 걱정이야. 저들이 들고 있는 증거의 수위가 어느 정도일지 모르지만 협박의 강도로 보아 형사사건으로까지 만들 수 있을 것 같다고도 했다. 형사사건이라면 무엇을 의미하는가. 어리둥절함과 두려움이 차례로 양을 지나갔다. 밤이 한참 깊은 뒤에야 양은 그것이 이별의 선고임을 알아들었다. 박이 흘렸던 눈물의 목적이 혹시 자신을 완벽하게 설득시키고 꼼짝없이 이별을 받아들이도록 하는 데에 있지 않았을까 하는 의구심은, 아주 나중에야 들었다.

장은 일본 술에 일가견이 있어 보였고, 자기가 선택한 술의 첫잔을 입에 댄 일행들이 감탄하는 모습에 어린애처럼 기뻐했다. 양은 술을 잘 못한다고 말했다. 실은 내가 잘하는지 못하는지 나도 몰라요, 취하도록 마실 기회가 없었거든요, 굉장히 오랫동안. 그건 아무리 마셔도 취하지 않는다는 뜻 아닙니까. 영어 선생이 대꾸했다. 양은 그가 별 열의도 없이 자신을 놀리고 있다는 것을 알아챘다. 어떤 사람에게는 있는 그대로의 사실을 입 밖에 내는 일에 굉장히 큰 용기가 필요하다는 사실이 다른 사람들에게는 자주 무시된다. 양은 일언반구도 하지 않았고, 보란 듯이 제 앞의 술잔을 비웠다. 대각선 건너에 앉은 장은 음악 선생에게 니가타산과 효고산 사케의 차이에 대해 설명하는 중이었다. 하나는 달고 다른 하나는 깊어요, 굳이 꼽으라면 저는 이쪽이 좋습니다. 때마침 영어 선생이 요란한 소리로 재채기를 했기 때문에 장의 선택이 단맛인지 깊은 맛인지 듣지 못했다. 장은 양의 자리에 특별한 시선을 주지 않고 있었는데, 그녀는 그가 의식적으로 그렇게 행동하고 있다는 느낌을 받았다. 이해할 수 있는 일이었다.

왜, 옛날에 「블루라이트 요코하마」라는 노래가 유행이었잖아요? 영어 선생이 갑자기 말했다. 그런 노래가 있어요? 음악 선생이 되물었다. 일본 노래인가 봐요, 엔카? 아 못 들어보셨어요? 브루라이토 요코하마, 아루이테모, 아루이테모…… 영어 선생의 입에서 흘러나오는 노래는 우스꽝스러웠다. 대관람차 이야기를 꺼낸 건 음악 선생이었다. 한번 타보고 싶었는데 못 타고 가네요. 그러자 장이 손목시계를 보았다. 지금 가면 되겠네요. 그들은 밖으로 나왔다. 장이 손가락으로 아주 멀리를 가리켰다. 초록 불빛으로 반짝이는 대관람차가 보였다. 그들은 택시에 나누어 탔다. 영어 선생이 앞자리에 냉큼 올라탔고 음악 선생과 양, 장이 뒷좌석에 나란히 앉았다. 차가 흔들릴 때마다 양의 허벅지와 장의 허벅지가 아주 살짝 스쳤다가 떨어졌다. 스쳤다 떨어진 자리에 도넛 같은 모양으로 뜨거운 화기가 번졌다. 가까이 다가갈수록 대관람차는 점점 커졌다. 원(圓) 모양으로 쏘아 올린 거대한 불꽃놀이처럼 휘황하고 찬란히 빛나는 그것은, 이 도시의 진정한 지배자인 것 같았다. 택시에서 내려 지상에 섰을 때 그녀는 허공에 위태롭게 매달린 수십 개의 상자들을 보았다. 네모난 상자들이 아주 천천히 움직이는 광경을 보았고 그 정중앙에 박힌 디지털시계의 숫자를 보았다. 9:43. 그 찰나, 마지막 숫자가 4로 바뀌었다. 9:44.

양은 관람차에 탑승하지 않았다. 속이 좋지 않다는 핑계를 댔다. 다들 타러 간 줄 알았는데 어느새 장이 다가와 옆에 섰다. 저는 겁이 나요. 그가 낮은 목소리로 고백했다. 정점에 거의 다다른 순간이 가장 무서워요, 창문을 부수고 뛰어내릴 것 같거든요, 이해할 수 있겠어요? 양은 고개를 끄덕였다. 그들은 더 이상 아무 말도 하지 않았다. 쳇바퀴 돌듯 서서히 돌아가는 관람차를 물끄러미 지켜보았다. 네온사인의 불빛이 빨간색으로 변했다. 원 테두리를 둘러싼 수십만 개의 알전구들이 깜빡, 깜빡, 깜빡 점멸했다. 눈부신 광경이었다. 장이 뿔테 안경을 벗고 레이밴 선글라스를 썼다. 가장 높은 곳에 오른 관람차가 잠시 멈추었다고 느낀 것은 착시 현상 탓일까. 정점에 도달했던 상자는 아무 비밀도 목격한 적 없다는 듯 천천히 하강했다.

땅을 출발한 상자가 다시 제자리로 돌아오는 데는 15분이 걸렸다. 15분 만에 지상으로 내려온 음악 선생은 관람차 안에 앉아 있는 일이 생각보다 지루했다고 투덜거렸다. 야경은 멋지지 않았느냐고 영어 선생이 물었다. 사랑하는 사람과 함께였다면 그랬을지도 모르지요. 음악 선생이 장난스럽지만 뼈를 감추지 않은 농담을 던졌다. 영어 선생이 익살스런 표정으로 혓바닥 빼무는 시늉을 했다. 그들은 숙소 앞의 펍pub으로 자리를 옮겼다. 실내는 조도가 낮고 시끄러웠다. 무명의 여가수가 일본어 가사로 재즈를 불렀다. 음정이 지독히 안 맞았다. 모두 다 취했다. 양도 취했다. 25년 만이었다.

그들은 김포공항 입국장에서 헤어졌다. 장은 깍듯하고 정중하게 인사를 하고, 마중 나온 운전기사를 따라 공항을 빠져나갔다. 양은 학생들을 인솔하여 전세 버스에 태웠다. 아이들을 학교까지 안전히 인도해 해산시키는 것이 그녀에게 부과된 임무의 끝이었다. 닷새 전에 세워놓은 자동차가 교직원 주차장에 그대로 서 있었다. 집까지 가는 길 말고 그곳에서 그녀가 갈 다른 길은 없었다. 중간쯤부터 빗방울이 떨어지기 시작했다. 아파트 주차장에서 시동을 끄고 운전석 등받이를 뒤로 젖혔다. 눈을 감았다. 잠이 오는 것은 아니었다. 빗방울이 타닥타닥 차 지붕 위로 떨어졌다. 아무것도 하지 않은 채로, 죽은 사람처럼 양은 차 안에 한참을 머물렀다.

헤어지고 나서 박에게 꼭 한 번 연락이 왔었다. 양이 전혀 연고가 없던 경기도 소도시 외곽의 S여고 앞에 조그만 집을 얻고, 동네 청년과 결혼을 하고, 살림이 아주 서툴지는 않을 정도로 시간이 흐른 다음이었다. 몇 해가 훌쩍 지나는 동안 행복해지고 싶다는 생각은 하지 않았다. 그럴 틈이 없었다. 주인이 몰래 유기하고 간 어린 가축처럼 살아남기 위해 살았다. 의지에 앞선 본능이었다. 박에게 연락이 왔을 때는 그녀가 임신 6개월째에 접어들 무렵이었다. S여고에서도 집에서도 멀리 떨어진 곳에서 양은 박의 차에 올라탔다.

박은 검은색 중형차를 직접 운전해서 왔다. 해가 이울어가는 늦은 오후였는데 그는 커다란 선글라스를 벗지 않았다. 레이밴의 가장 흔한 모델이었다. 할 만하냐고 그가 물어왔다. 주어가 없는 물음이었다. 네. 양이 짧게 답했다. 박이 다행이다,라고 했다. 정말 다행이다,라고 반복했다.

이태 전에 치러진 총선에서 박은 아슬아슬한 표 차이로 지역구를 지켰다. 축하한다고 해야 할는지 너무 늦은 건 아닌지 양은 판단이 서지 않았다. 양은 배꼽 위에 두 손을 포갠 채 잠자코 앉아 있었다. 박은 의회에서 무슨 간사직을 맡게 되어 많이 바쁘다고 했고, 오래 앓던 아내가 작년에 세상을 떠났다고 했다. 아까 축하한다는 말을 섣불리 입 밖에 내지 않아 다행이었다. 그렇다고 유감이라고 하거나 다른 위로의 인사를 건네는 것도 주제넘는 짓 같았다. 점심을 먹는 둥 마는 둥 해서인지 양의 위장에서 꼬르륵 소리가 났다. 조금 후에 양은 숨을 작게 들이마시고 이제 가봐야겠다고 말했다. 이유 같은 것은 덧붙이지 않았다. 음, 잘 가요. 박이 갑자기 존댓말을 했다. 네, 가세요. 내리고 나서야 미안하다는 말을, 듣지도 하지도 못했음을 알았다. 그러니 비긴 게임이라고 양은 혼자 중얼거렸다. 그 뒤 그들은 편지 한 통 주고받지 않았다.

장에 대하여, 양은 다양한 가능성들을 염두에 두었다. 이곳에서 만날 수는 없을 터였다. 수많은 졸업생과 학부모 들이 조그마한 도시 곳곳에 포진해 있었다. 서울은 내키지 않았다. 이곳에 짜부라져 지내는 사이 서울은 그녀에게 너무 거대한 이름이 되어버렸다. 어쩌다 서울의 번화가 한복판을 걸으면 그녀는 어리벙벙하고 머리가 지끈거리고 그래서 슬퍼지곤 했다. 아니다. 직접 만날 필요는 없을지도 몰랐다. 그들은 심야 통화를 할 수도 있었다. 다른 통신 수단들이 그들을 이어줄 수도 있었다. 문자메시지, 이메일, 블로그, 카카오톡, 아니면 그녀가 아직 알지 못하는 현대적인 어떤 것들이. 어쨌든 이번에는 그녀가 무서워하는 것에 대해 고백할 차례였다.

겨울방학이 지나도록 연락은 오지 않았다.

졸업식에 참석한 장의 모습을 먼발치에서 보았다. 장은 세련된 패턴의 암녹색 넥타이를 맸다. 그는 명징한 바리톤의 음성으로 기념사를 또박또박 읽어 내려갔다. 전임 이사장의 연설보다 귀에 훨씬 잘 들어왔지만 내용 면에서는 대동소이했다. 연설이 끝나자 그는 자기만의 의식처럼 안경테를 살짝 추켜올렸다. 무성의한 박수 소리가 들려왔다. 양의 가슴이 서서히 저려왔다. 졸업식과 입학식 사이에, 중학교 음악 선생과 남고의 영어 선생이 각각 무단결근하는 바람에 작은 소동이 벌어졌다. 두 사람 다 가족에게도 상사에게도 아무 예고 없이 증발했다. 학교 안팎의 호사가들은 두 사람이 함께 사랑의 도피 행각이라도 벌인 게 아니냐며 수군거렸고, 그렇다면 둘이 너무도 절묘하게 어울리는 한 쌍이라면서 낄낄댔다. 채 녹지 않은 운동장 모퉁이의 잿빛 눈 뭉치들처럼 이런저런 소문들이 굴러다녔지만 지속적인 관심을 끌지 못하고 금세 유야무야되었다. 악의적이고 끈질기게 물고 늘어지기에 음악 선생이나 영어 선생이나 매력적이지도 흥미롭지도 않은 대상이었다.

입학식 날까지도 그들은 돌아오지 않았다. 입학식에 장은 밝은 오렌지 빛깔 타이를 매고 왔다. 지난번보다 한결 젊고 활기차 보였다. 만물이 소생하는 계절입니다. 그가 준비한 축사는 그렇게 시작했다. 난방이 들어오지 않는 실내에 겨울 외투를 껴입고 선 신입생들 사이에서 그의 언어는 공허하게 울려 퍼졌다. 장의 목소리를 듣는 동안 양은 음악 선생과 영어 선생을 생각했다. 360도 공중을 회전하던 그 작고 네모난 상자에 대하여, 머뭇머뭇 지상에서 멀어져가던, 위태로운 나뭇잎처럼 흔들거리던 그 방(房)과 결코 사라지지 않았던 15분에 대하여, 언제고 풀리고 말 마법에 대하여 생각했다. 지금은 그들의 안녕을 기원할밖에 양에게 다른 선택지는 없었다.

바로 다음 날부터 새 학기가 시작되었다. 새 학기 첫날이라고 다를 것은 없었다. 양은 여느 때처럼 출근 준비를 했다. 서두를 필요는 없었다. 눈뜨자마자 머리맡의 안경을 찾아 쓰고, 세수를 하고, 간소한 화장을 하고, 간밤 끓여놓은 국에 밥을 말아 반 공기쯤 먹고, 이를 닦은 뒤, 지난 세기의 어느 날 장만한 겨울 정장 중 하나를 꺼내 입었다. 역시 지난 세기의 어느 날 학부모에게서 선물 받은 목도리를 꺼내 두르고, 입을 만한 몇 벌의 코트 중에 하나를 골라 걸쳤다. 남편이 잠든 81제곱미터 아파트의 현관문을 열고 나서면서 양은 자신의 등을 떠미는 어떤 힘의 존재를 느꼈다. 출근길마다 듣던 라디오 프로그램의 진행자가 바뀌었다. 봄 개편이라고 했다. 새로 바뀐 진행자는 수다스럽고 비음이 심한 여자 코미디언이었다. 영문도 모른 채 애인에게서 이별을 통고받은 기분이 잠깐 들었으나 10분쯤 들어보니 그 여자도 나쁘지 않았다. 청취자의 사연을 읽다가 흐느끼느라 말을 잇지 못하는 모습이 거짓 같지는 않았다. 1년 동안 잘해보자. 아침 조례 시간, 담임을 맡은 2학년 아이들에게 양은 힘주어 말했다.

*

종이에 인쇄된 글자를 읽기 위해서는 이제 돋보기가 없으면 안 되었다. 토요일 오후의 교무실은 더할 나위 없이 고적했다. 당직을 서다가 양은 무료하게 지난 신문들을 뒤적였고, 사흘 전 날짜의 일간지에서 박의 부고를 읽었다. 숙환이라는 단어에 눈이 오래 머물렀다. 이윽고 양은 돋보기를 신문지 위에 가만히 내려놓고 의자에서 일어섰다. 뜨거운 물에 믹스 커피를 한 봉지 타서 자리로 돌아왔다. 물 위로 둥둥 떠오르는 커피 가루들을 일회용 스틱으로 천천히 휘저었다. 유리창 너머 봄의 햇살이 비스듬히 쏟아져 들어왔다. 올봄에는 선글라스를 하나 사야겠다고 양은 두서없이 생각했다. 레이밴의 보잉은 자신에게 어울리지 않는다고도.

누구나 죽는다. 언젠가 장의 부고도 받게 될 것이다. 장이 양의 부고를 받는 것이 먼저일 수도 있었다. 최후의 문장이 누구의 것이든 애도는 남아 있는 자의 의무였다.

그녀에게 여전히 긴 오후가 남아 있었다.

정용준은 1981년 광주에서 태어났다. 2009년 『현대문학』에 단편 「굿나잇, 오블로」가 당선되며 문단에 나왔다. 소설집 『가나』, 장편소설 『바벨』을 펴냈다. 젊은작가상, 웹진 문지 문학상 이달의 소설에 선정되었다.

미드윈터

1

닐스는 무늬 없는 잿빛 티셔츠에 물 빠진 청바지 차림으로 번역원 세미나실 의자에 구부정하게 앉아 있었다. 중키에 마른 체형이었고 머리카락은 밝은 밤색이었으며 손질하지 않은 듯 덥수룩했다. 수염이 뺨과 턱에 가득했는데 일부러 기른 것은 아닌 듯했고 단지 면도를 귀찮아하는 성격 같았다. 프로젝트를 총괄하는 피디와 함께 세미나실에 들어갔을 때 그는 따분한 표정으로 깨끗하게 닦인 화이트보드를 응시하고 있었다. 피디는 우리 사이에 서서 서로를 소개시켜줬다. 나는 단편영화를 만드는 감독으로, 닐스는 스웨덴에서 온 시인으로 소개됐다. 나는 먼저 악수를 청했다. 그는 잠시 머뭇거리더니 손을 잡았다. 길고 건조한 손이었다. 닐스의 눈은 인상적이었다. 초록빛이 감도는 푸른 눈동자는 속이 비칠 정도로 컸으며 속눈썹은 길고 풍성했다. 이국적인 느낌을 넘어 비현실적인 기분이 들게 하는 눈이었다. 나는 무심코 그 눈을 필요 이상으로 오랫동안 쳐다봤는데 닐스는 그것이 불편했는지 불쾌한 기색을 숨기지 않고 정색하며 뒤로 물러섰다. 반걸음 물러서서 삐딱한 자세로 서 있는 닐스의 심드렁한 얼굴을 보고 있으니 묘한 기분이 들었다. 미안하기도 했고 무안하기도 했다. 피디는 어색한 분위기를 바꾸려 쓸데없이 큰 소리로 웃으면서 과장된 제스처로 박수를 몇 번 치더니 우리가 함께하게 될 작업에 대해 설명하기 시작했다. 번역원과 독립영화를 지원하는 영상원이 공동으로 기획한 〈SEASON〉이라는 프로젝트로, 마흔 살 미만의 국내 영화감독과 외국 시인이 협업하여 사계절을 주제로 단편영화를 제작하는 것이었다. 번역원에서는 각기 다른 나라에서 네 명의 시인을 섭외했고 영상원에서는 국내 영화감독을 선정했다. 나는 스웨덴 시인과 함께 '겨울'을 맡았다. 특이한 점은 지금이 여름이 시작되는 6월 중순이라는 것이었다. 프로젝트의 주제와 의도는 분명해 보였다. 이국의 시적 감수성을 모티프로 사계절을 표현하겠다는 것이다. 하지만 그것을 풀어내는 방식이 썩 마음에 들진 않았다. 계절의 전형적 이미지를 피하기 위해 주제와 반대되는 계절을 결합한 것 같은데 어쩐지 촌스러운 발상이라 느껴졌고 그것이 도리어 전형적이란 생각이 들었다. 피디는 프로젝트에 관련된 자료들을 탁자에 펼치면서 기획 의도를 설명했고 몇 달 전 '가을'을 주제로 작업했던 팀의 제작 과정이 담긴 자료를 보여줬다. 그들은 벚꽃과 국화의 이미지를 결합해 봄처럼 보이지만 실은 가을인 풍경을 만들어내는 데 주력했던 것 같다. 일종의 역설적인 가을을 표현하려 했던 듯한데 좀 뻔해 보였다. 피디는 봄이 지나면 그 뒤에 왕성한 생명력의 상징인 여름이 와야 하지만 실제의 삶이란 봄 다음에 바로 겨울이 올 수도 있는 것이라며 작품에 문학적인 의미를 부여하기 위해 애를 썼다. 닐스는 피디의 설명이 끝나자마자 기다렸다는 듯 물었다.

혹시 '겨울'을 다른 계절로 바꿀 수는 없나요?

피디는 당황한 얼굴로 말을 고르며 쉽게 답하지 못했다.

아…… 그것은 곤란합니다. 기획 단계에서 계절에 어울리는 나라를 미리 선정했기 때문에 그 부분은……

피디의 표정에서 불가함을 읽은 닐스는 어깨를 살짝 올렸다 내리며 알겠다는 듯 고개를 끄덕였다. 그리고 한참 뒤 고개를 돌려 내게 물었다.

그런데 이곳의 하지는 며칠이죠?

2

닐스는 6월 초에서 7월 중순까지 한 달 남짓 한국에 머물렀다. 작업 기간 동안 우리는 같은 숙소를 사용해야 했는데 침대와 책상이 구비되어 있는 독립된 두 개의 방과 그 사이에 소파와 식탁이 있는 작은 거실로 이루어진 소규모 레지던스였다. 닐스와는 쉽게 친해지지 못했다. 우리는 영어로 대화했다. 나는 1년 동안 뉴욕에서 공부했던 적이 있다. 능숙하게 영어를 구사할 순 없지만 서툰

편은 아니었다. 닐스 역시 영어를 사용하는 데 어려움은 없어 보였다. 때문에 둘 사이에 형성된 모종의 어색함과 불편함은 커뮤니케이션 문제는 아니었다. 우리의 대화는 세 마디 이상 진행되지 않았고 함께 있을 때조차 늘 거리감이 느껴졌다. 나는 답답했지만 닐스는 개의치 않는 것 같았고 심지어 편해 보이기까지 했다. 작업에 대한 논의도 거의 이루어지지 않았다. 어떤 식으로 작업하면 좋겠느냐는 질문에 닐스는 너는 어떻게 생각하느냐고 되물었고 대략적인 생각을 말하면 그렇게 하면 좋겠다는 식으로 대충 대화를 마무리하려 했다. 그는 그것이 바꿀 수 없는 문제임을 인식하면서도 '겨울'이라는 모티프가 여전히 마음에 들지 않는 듯 종종 작은 소리로 불평했다. 나는 닐스의 그 같은 태도가 무책임하다고 생각했고 나중에는 무례하다고 느껴졌다. 피디에게 전화를 걸어 이 부분에 대해 강하게 어필했다.

팀이 마음에 들지 않아요. 스웨덴 시인은 프로젝트에 관심이 전혀 없는 것 같습니다. 의욕 없는 파트너와 작업하고 싶지 않네요. 같은 숙소를 사용하는 것도 불편해요.

피디는 행사를 순조롭게 진행해야만 하는 관계자들 특유의 부드럽고 간절한 목소리로 나를 달래려 들었다. 숙소를 함께 쓰는 것은 공동 작업의 효율성을 높이고 예술가들끼리의 깊이 있는 교류와 소통을 위한 것이기 때문에 어쩔 수 없는 부분이라고 했다. 또한 이전의 팀도 비슷한 과정을 겪었고 싸우기까지 했지만 프로젝트가 끝났을 때는 둘도 없는 친구가 되었다며, 처음에 겪는 어려움은 문화적 차이에서 오는 오해가 대부분이기 때문에 나중에는 이해하게 될 거라고 했다. 예상은 했지만 아무것도 개선해주지 않는 피디의 뻔한 변명에 불쑥 짜증이 났다. 그럼에도 수긍하고 전화를 끊었던 것은 통화 말미, 의외의 말 때문이었다.

번역원의 말에 따르면 닐스는 다른 누구보다 적극적으로 이 프로젝트에 참여하려 했다고 합니다. 참여할 작가를 찾기 위해 공문을 보내고 번역자들이나 현지 예술가들의 인맥을 총동원해야 했던 다른 나라의 경우와 달리 스웨덴은 닐스 덕분에 손쉽게 섭외가 해결되었다고 들었어요. 그러니 걱정할 문제는 아닌 것 같네요. 그는 한국행을 절실히 원했으니까요.

전화를 끊고 피디의 말을 되짚었다. 누구보다 적극적으로 지원했고 한국행을 절실히 원했다는 말이 마음에 남았다. 사실이라면 그가 한국에 온 다른 이유가 있을 것 같았다. 그것이 뭘까, 나는 닐스를 볼 때마다 그 이유를 추측했다.

우리는 동거를 했지만 부대끼며 지내지는 않았다. 실리적인 이유로 같은 공간을 나눠 쓰는 하우스메이트처럼 일정한 거리를 유지하며 지냈다. 그 거리감이 처음엔 부담으로 느껴졌지만 나중에는 편하고 안정적인 요소로 작용했다. 피디의 말은 틀리지 않았다. 시간이 지날수록 어쨌든 관계는 나아졌다. 닐스는 무뚝뚝한 성격이라기보다 무심한 성격이었고, 차갑다기보다 뜨겁지 않은 사람이었다. 성향이 파악되자 마음이 한결 편해졌다. 하지만 그는 여전히 가까워지는 것은 원치 않는 듯 보였다. 한번은 나란히 걸어가다가 우연히 서로의 손등이 부딪힌 적이 있었는데 닐스는 움찔 놀라며

티가 나게 간격을 넓혔다. 당시에 나는 그의 행동에 무안함을 느꼈지만 나중에는 그것을 스웨덴 남자 특유의 개성이라고 생각하기로 했다.

닐스는 별다른 일이 없을 때는 오후 내내 방에서 지냈다. 저녁이 되면 식탁에 앉아 식사를 하거나 맥주를 마시며 TV를 봤다. 우리는 한두 마디 인사를 주고받는 사이에서 가벼운 대화를 나누는 사이로 발전했다. 작업에 대한 이야기도 했는데 그는 프로젝트에는 관심이 있지만 공동 작업에 대해서는 별생각이 없는 것 같았다. 가령 '겨울'이라는 주제에 대한 공통적인 인상이나 상징이 될 만한 이미지를 이끌어내지 못했고 영감이라고 할 만한 느낌도 주고받지 못했으며 오브제로 사용할 만한 것도 결정하지 못했다. 영상을 만들어야 하는 나로서는 그의 태도가 너무 답답했다. 결국 우리는 최소한의 작업 방식에 대해서만 합의했다. 닐스가 겨울에 대한 시를 쓰면 그것을 중심으로 영상을 만들거나, 그의 글을 내레이션이나 텍스트 이미지로 변환하여 삽입하는 것이었다. 쉽게 말해 독립적으로 작업한 각자의 작품을 나중에 합치자는 것이었는데 그는 이 방법이 매우 합리적이라고 생각하는 듯했다. 나는 이 문제에 대해 더 이상 고민하지 않기로 했다. 대신 시를 빨리 써달라고 했다. 그는 어깨를 살짝 들어올렸다 내리는 것으로 대답을 대신했다.

함께 생활한 지 2주쯤 지난 어느 날이었다. 여느 때처럼 우리는 병맥주 하나씩을 식탁에 놓고 앉아 시간을 보내고 있었다. 가벼운 대화를 나누기도 했지만 주로 말없이 각자의 일을 했다. 닐스는 번역원에서 준 자료를 읽으면서 몇몇 문장에 체크를 하거나 노트에 뭔가를 옮겨 적었다. 나는 16밀리 카메라의 영상을 재생하면서 오늘 찍었던 몇몇 장면을 검토하고 있었다. 닐스가 뭔가 생각났다는 듯 손에 쥐고 있던 맥주병을 식탁에 내려놓고 물었다.

너도 개를 먹어?

나는 뭐라고 답해야 할지 몰라 머뭇거렸다. 무슨 의도로 하는 질문인지 몰랐고 질문에 깔린 뉘앙스가 어떤 것인지도 파악이 되지 않았다.

나는 먹지 않아. 하지만 먹는 사람이 있지.

그는 뜻을 알 수 없는 묘한 표정을 짓고는 천천히 고개를 끄덕이며 답했다.

음…… 같은 대답을 하는군.

누구한테 물어봤는데.

써니.

써니? 써니가 누군데?

그렇게 말했던 사람이 있었어.

닐스는 고개를 돌려 거실 쪽을 바라봤다. 그는 방심한 얼굴로 입술을 꾹 다물었다. 생각에 잠겨 있는 듯 보였지만 그게 어떤 종류의 생각일지는 예측할 수 없는 묘한 표정이었다. 하지만 그의 머릿속에 있는 생각이 적어도 즐겁거나 재미있는 것들은 아니었을 것이다. 반쯤 감겨 있는 그의 눈이 말할 수 없이 쓸쓸해 보였기 때문이다. 써니가 누군데,라고 묻고 싶었지만 어쩐지 그래서는 안 될 것 같았다. 닐스는 혼잣말을 하듯 작은 소리로 말했다.

6월 21일은 어떻게 보낼 생각이야?

나는 벽에 걸려 있는 달력을 쳐다보며 물었다.

6월 21일?

그날이 하지라면서.

하지? 그래. 그날이 하지지. 그런데 그날은 아무 날도 아닌데? 쉬는 날도 아니고.

닐스는 실망스러운 얼굴로 말했다.

하지가 아무 날도 아니야?

나는 북유럽 나라들이 갖는 미드서머데이의 의미를 떠올리며 대답했다.

아아, 한국은 그날을 특별하게 보내지 않아.

닐스는 남아 있는 맥주를 비우며 말했다.

그래도…… 하지에 나와 있어줄 수 있어?

나는 그게 뭐 어렵냐는 듯 닐스를 흉내 내며 어깨를 올렸다 내리고는 고개를 끄덕였다. 닐스는 희미하게 웃으며 말했다.

물이 있는 곳에 가고 싶어.

물이 있는 곳? 바다? 강?

어디든. 서울.

3

우리는 번역원과 영상원에서 주최하는 몇몇 행사에 참여해야 했다. 주로 세미나였고 때론 문화와 예술의 교류라는 명분의 디너파티도 있었다. 대부분의 행사는 지루했고 논의는 식상했다. '대륙을 뛰어넘는 예술 정신'이라는 주제로 토론을 한 적이 있었다. 진정한 예술은 문화와 시대를 초월하는 보편성을 가진다는 취지였지만 막상 토론이 시작되자 영화나 음악 같은 대중문화 콘텐츠의 현재를 분석하는 수준의 이야기가 오갔다. 한번은 '한국과 스웨덴'이라는 이름의 행사가 열렸다. 두 나라의 문화를 비교하고 교류한다는 목적이었지만 프로그램은 형편없었다. 번역원에서 섭외한 모 시인에게 한국의 시를 낭독하게 하고 닐스에게는 스웨덴의 시를 낭독하게 한 뒤 스웨덴의 단편영화와 한국의 단편영화를 교차 상영했다. 영화과에 재학 중인 학생들 몇몇이 단상에 나와 낭만적인 어조로 빈약한 감상을 발표할 때는 민망했다.

디너파티도 이상했다. 다른 무엇보다 파티인데 전혀 즐겁지가 않았다. 처음에는 영화나 시와 관련된 이야기를 주고받다가 나중에는 예술과는 무관한 한국의 역사, 관광지, 특산물, 대중가요 같은 이야기로 옮겨갔다. 제법 진지한 주제에 속하는 이야기는 대부분 한국전쟁이나 DMZ에 대한 역사적 사실을 설명하거나 외국 작가들에게 정치적인 견해를 묻는 것으로 이어졌다. 나는 이러한 형식적이고 무성의한 행사에 참여하는 게 괴로웠다. 닐스는 참을성 있게 행사에 참여했다. 질문에는 답했지만 기본적인 입장을 표명했을 뿐 사적인 견해는 거의 말하지 않았다. 그에게는 다른 외국 작가들과는 본질적으로 다른 묘한 분위기가 있었다. 나는 그것을 차분한 무관심이라고 표현하고 싶은데, 그는 한국에 대해 별로 궁금해하지 않는 것 같았다. 이상한 점은 닐스가 한국에 대해 굉장히 많이 알고 있다는 것이었다. 한국에 대한 설명을 들을 땐 이미 다 알고 있는 것 같은 표정을 지었고 견해를 밝혀야 할 질문을 받았을 경우에는 자연스럽고 능숙하게 대답했다. 기본적으로 한국의 상황을 잘 알고 있지 않다면 절대로 답할 수 없는 주제에 대해서도 쉽게 대화했다. 심지어 닐스는 역사적인 사실뿐만 아니라 두 나라 사이의 문화적인 차이도 이해하고 있었다. 어떻게 그렇게 한국을 잘 알고 있느냐는 질문에는 한국인 친구가 있었다,라고만 답했다.

구름 한 점 없이 찬란하고 뜨거운 오후, 그날도 세미나가 있었다. 나는 멍하게 앉아 현대 예술은 대중에게 선택되어야만 가치를 인정받을 수 있다는 내용의 발표를 듣고 있었다. 발표자로 나선 젊은 교수는 각종 통계와 도표를 동원하여 참석자들에게 깊은 인상을 심어주기 위해 애를 썼지만 장황하고 복잡하기만 했다. 그 모습을 잠자코 지켜보던 닐스가 갑자기 내 옆구리를 툭 찌르고 작은 소리로 밖에 나가자고 말했다. 나는 뒷문으로 빠져나가는 닐스의 뒤를 따라 행사장을 나왔다. 현관을 나서자마자 닐스는 말했다.

내일이 하지야.

응?

같이 있어주겠다고 했지?

또 그 소리야? 같이 있겠다고 했잖아.

그러면 모자를 사러 가자.

모자?

응, 모자.

나는 닐스를 대학가 근처로 데리고 갔다. 내리쬐는 태양과 고온 다습한 날씨 탓에 거리의 사람들은 미간에 잔뜩 힘을 주고 걷고 있었다. 그는 약간 흥분한 듯 보였다. 평소답지 않게 말이 많았고 발걸음은 빨랐다. 주위를 두리번거리느라 빠르게 이쪽저쪽으로 고개를 움직이는 모습이 주의가 산만한 어린아이 같았다. 나는 가방에서 카메라를 꺼내 그의 뒷모습을 찍기 시작했다. 닐스는 눈에 보이는 모든 것들이 흥미로운 듯 어느 것 하나 쉽게 지나치지 못하고 상점마다 기웃거렸다. 닐스는 모자 가게에 들어갔다. 진열된 모자를 하나씩 머리에 쓰고 거울 앞에서 모자에 맞는 표정을 짓기 시작했다. 나는 카메라를 닐스의 얼굴 가까이에 대고 촬영했다. 그는 카메라를 보며 여유 있게 웃어 보였고 중간중간 개구쟁이 같은 표정으로 희극적인 모습을 연출하기도 했다. 모자를 쓰고 있는 닐스는 완전히 다른 사람 같았다. 그의 파란 눈동자가 유리알처럼 반짝반짝 빛이 났다. 한참 동안 모자를 고르던 닐스는 주위를 두리번거리더니 구석 자리에 놓여 있던 겨울용 털모자를 집어 들었다. 오랫동안 모자를 만지작거리던 닐스는 털모자를 머리에 썼다. 곧 여름인데 털모자라니, 보는 것만으로도 더웠다. 거울에 비친 닐스의 표정이 방금 전까지와 달랐고 평소와도 달랐다. 장난기가 지워진 얼굴은 차분했다. 그는 천천히 모자를 벗더니 점원에게 내밀었다. 점원은 털모자를 손에 들고 닐스를 한번 쳐다보더니 옆에 있는 내게 물었다.

여름인데 털모자를 사시게요?

나 역시 닐스에게 물었다.

하지를 위한 모자가 이거야?

닐스는 어깨를 으쓱이며 고개를 끄덕였다. 주머니에서 현금 뭉치를 꺼내 손에 들고 빨리 사자는 듯 나를 쳐다봤다. 우리는 털모자를 들고 숙소로 돌아왔다. 도착하기 직전 나는 물었다.

내일 진짜 이 모자를 쓸 거야?

아니. 1년 중 태양이 가장 많은 날 햇빛을 가릴 필요는 없지.

그런데 모자는 왜 산 거야?

닐스는 손가락에 모자를 걸고 빙빙 돌리며 말없이 걷기만 했다. 그리고 한참 뒤에 중얼거렸다.

나는 곧 스웨덴으로 돌아가야 하니까.

4

닐스는 오전부터 분주하게 움직였다. 아침 일찍 마트에서 장을 본 재료들을 이용해 샌드위치를 만들었고 어디에서 구했는지 피크닉 매트도 준비해놨다. 나는 닐스의 요청대로 서울이면서 물이 있는 곳, 한강 유원지에 갔다. 우리는 콘크리트 계단에 앉아 느리게 흐르는 강물을 바라봤다. 수면은 거의 움직이지 않았고 속이 보이지 않을 정도로 혼탁했다. 닐스는 감정이 느껴지지 않는 얼굴로 손가락에 모자를 걸고 빙빙 돌리면서 주위를 둘러봤다. 배부른 임산

부가 한 손을 허리에 대고 다른 한 손은 양산을 들고 느린 걸음으로 지나갔다. 개를 데리고 다니는 노인들이 목줄을 잡고 근처를 맴돌았고 불량한 학생들이 다리 밑에 모여 앉아 시끄럽게 떠들어댔다. 스케이트보드를 타는 청년 둘이 묘기를 시도하다 거듭 실패했고, 알록달록한 유니폼을 입고 고글을 착용한 사람들이 자전거를 타고 일렬로 지나가기도 했다. 나는 닐스가 바라보는 곳에 카메라를 대고 최대한 그의 시선이 머무는 풍경을 담으려고 했다. 닐스는 대충 파악이 됐다는 듯 고개를 들고 잠시 하늘을 바라본 뒤 자리에서 일어나 가까운 잔디밭에 피크닉 매트를 펼치며 말했다.

한강에 대해 종종 들었어. 강이 크다고 들었지만 이렇게 클 줄 몰랐네. 잔잔한 바다 같다.

닐스는 가방을 열어 맥주와 물병, 육포와 팝콘 따위를 늘어놓았다. 그러고는 갑자기 셔츠를 벗었다. 정오의 태양이 하얗고 마른 상반신으로 강하게 내리쬐었다. 닐스는 본격적으로 일광욕을 즐기겠다는 듯 비스듬히 누워 맥주를 마시기 시작했다. 나는 닐스 옆에 앉아 맥주를 마셨다. 같이 옷을 벗는 것도 이상했고 그대로 입고 있는 것도 이상했다. 대낮에 반쯤 옷을 벗은 남자와 이렇게 앉아 맥주를 마시는 상황이 어색했지만 그가 하지에 특별한 의미를 둔다는 점을 알고 있었기에 최대한 맞춰주려고 애를 썼다. 시간이 흘렀고 빈 병이 하나둘 늘어갔다. 우려했던 것과 달리 마음이 점점 느슨해졌다. 지나가는 사람들이 닐스를 쳐다보기는 했지만 그것으로 끝이었다. 마치 외국인이니 그렇게 행동하는 것이 당연하다는 듯한 표정이었다. 닐스는 말도 없이 강만 쳐다봤다. 얼마나 들어 있는지 몰라도 가방에서 끝없이 맥주가 나왔다. 닐스의 어깨가 붉게 변했다. 취기가 오른 나는 한 손엔 카메라를 들고 다른 한 손으로 맥주를 든 채 닐스의 모습을 찍었다. 얼굴에 카메라를 가까이 들이대고 눈동자를 찍기도 했고 벗은 몸을 찍기도 했다. 적당히 취해 느리게 껌벅이는 눈꺼풀이 졸음을 참고 있는 당나귀처럼 무료해 보였다. 나는 개를 데리고 다니는 노인의 뒤를 따라다니며 그들의 뒷모습을 찍었다. 그러다 잠이 오면 가방을 얼굴에 덮고 눈을 감았다. 깜박 잠이 들었는지 아니면 눈만 감고 있었는지 알 수 없는 기이한 기분 속에서 얼굴과 몸 전체를 뜨겁게 달구는 햇빛이 좋았다. 시간이 참 잘 간다,라고 중얼거렸더니 닐스도 시간이 참 잘 간다,라고 중얼거렸다.

붉은 해가 빌딩 사이를 지나면서 그림자도 길어졌다. 우리는 물결을 거슬러 상류 쪽으로 걷기 시작했다. 반대편에서 선캡으로 얼굴을 완전히 가린 중년의 여성들이 팔을 휙휙 내저으며 위협적으로 걸어왔다. 닐스는 그 모습을 흉내 내며 로봇처럼 걸었다. 그러던 중 뭔가를 발견하고 걸음을 멈췄다. 커다란 범선이 떠 있었고 주위에 오리배들이 줄에 묶여 있었다. 닐스는 눈을 동그랗게 뜨고 그것을 손가락으로 가리켰다. 나는 말했다.

저건 진짜 배가 아니고 음식점이야. 그리고 저것들은 진짜 오리가 아니고 배고. 돈 내고 타는 놀이기구 같은 거지.

오리배를 타는 사람은 없었다. 줄에 묶여 한곳에 모여 있는 오리배들은 지루한데 억지로 웃고 있는 사람들처럼 안쓰러워 보였다.

닐스는 여기가 좋겠다며 들고 있던 피크닉 매트를 깔고 주저앉았다. 우리는 술기운이 알딸딸하게 오른 눈으로 실실 웃으며 범선과 오리배를 구경했다. 범선은 저녁에 파티가 열리는 듯 분주해 보였다. 흰옷을 입은 서버들이 갑판 위를 바쁘게 오갔다. 누군가는 풍선을 불고 누군가는 리본을 묶었다. 누군가는 사다리에 올라가 현수막을 걸었고 누군가는 밑에서 균형이 맞는지 지켜보며 꽥꽥 소리를 질렀다. 닐스는 마치 영화를 보듯 그들의 행동을 감상했다. 그때였다. 뭔가가 쿵 소리를 내며 갑판에 부딪히더니 강물에 빠졌다. 우리는 자리에서 벌떡 일어섰다. 잔잔한 수면이 일순간 구겨지며 크고 둥근 파문이 일었다. 이윽고 수면 위로 커다란 얼음덩어리가 떠올랐다. 그것은 독수리 모형의 얼음 조각상이었다. 갑판에서 일하던 사람들이 멍한 표정으로 일손을 멈추고 서서 천천히 떠내려가는 독수리를 바라봤다. 그들 중 한 명이 크게 소리쳤고 그제야 사람들은 최면에서 깨어난 듯 우왕좌왕 흩어졌다. 하지만 딱히 뭘 해야 할지 몰라 정신없이 움직일 뿐이었다. 지나가던 사람들도 걸음을 멈추고 흥미로운 표정으로 독수리를 지켜봤다. 몇몇은 휴대전화를 꺼내 사진을 찍기도 했다. 닐스는 맥주를 움켜쥔 손을 부들부들 떨면서 내게 말했다.

돈 있어?

나는 호주머니를 뒤져 현금을 꺼내며 고개를 끄덕였다.

닐스는 내 손을 잡고 끌어당기며 말했다.

오리를 타자.

우리는 오리배에 나란히 앉아 열심히 페달을 굴렸다. 오리는 생각보다 속력이 빨랐다. 10분도 지나지 않아 오리는 독수리를 따라잡았다. 정교하게 조각된 독수리는 날카로운 발톱으로 얼음 암반을 움켜쥐고 있었다. 손에 잡힐 정도로 가깝게 다가가자 닐스는 갑자기 큰소리로 웃으며 소리쳤다.

이거 멋진데. 이거 정말 너무너무 멋진데!

닐스는 눈을 감고 손을 뻗어 독수리의 날개와 얼굴을 어루만졌다. 마치 살아 있는 생물을 만지듯 조심스러웠다. 황홀한 표정을 짓던 닐스의 눈꺼풀이 파르르 떨렸다. 한참 얼음을 만지던 닐스가 손을 쫙 펼쳐 내게 보여줬다. 서늘함이 빨갛게 변한 손바닥에서부터 얼굴까지 전해졌다. 닐스는 내 손을 잡아끌어 독수리를 만지게 했다. 손바닥이 독수리의 날개에 닿자마자 나도 모르게 눈을 감았다. 손바닥에서 시작된 냉기가 온몸으로 퍼졌다. 시원하다, 기분이 좋다 같은 단순한 감상으로 표현할 수 없는 묘한 쾌감이었다. 우리는 독수리를 호위하는 오리처럼 근처를 맴돌며 신나게 페달을 밟았다. 저 멀리서 보트 한 대가 빠른 속도로 우리 쪽으로 다가왔다. 범선에서 일하는 사람들이었다. 보트는 독수리 근처에서 멈췄다. 그들은 급한 김에 오기는 왔지만 지금부터 어떻게 해야 할지 모르겠다는 대책 없는 얼굴로 독수리와 오리를 번갈아 쳐다봤다. 그들 중 하나가 전화를 걸어 지금의 상황을 최대한 실제에 가깝게 묘사하려고 애를 썼다.

한 명이 자신의 머리를 헝클어뜨리며 말했다.

아, 돌겠네.

또 다른 한명은 욕설을 내뱉었다. 그들은 독수리 몸에 줄을 감으려고 애를 썼지만 허사였다. 줄을 감는 것도 어려웠지만 매듭을 묶으면 맥없이 풀리고 말았다. 아무래도 둘 중 하나가 물속에 들어가 잠겨 있는 부분 밑으로 깊숙하게 감아야 할 것 같았다. 그런데 둘 중 누구도 그러고 싶어 하지 않았다. 둘은 쉽게 포기했다. 그들 중 한 명이 다시 전화를 걸었다.

엉망이 됐어요. 갖고 가기도 어렵지만 들고 가도 쓸 수 없을 것 같아요.

옆에 있던 다른 하나가 큰 소리로 외치며 거들었다.

박살 났어요. 박살.

전화기에서 알아들을 수 없는 소리가 몇 번 흘러나오다가 전화는 곧 끊어졌다. 그들은 어처구니없다는 표정으로 우리를 쳐다보더니 보트를 타고 범선으로 돌아갔다. 닐스가 물었다.

저 사람들이 뭐라고 하는 거야?

독수리를 우리에게 선물로 주겠대.

닐스는 멀어져가는 보트를 향해 소리쳤다.

땡큐! 땡큐!

해가 지고 독수리는 떠내려갔고 우리는 더 이상 따라갈 수 없어 배들이 모여 있는 곳으로 방향을 틀었다. 그때 닐스는 나를 등지고 서서 가방에서 뭔가를 꺼낸 후 손에 움켜쥐고 있다가 강물 속에 집어넣었다. 뭐하는 거냐고 물어봐도 닐스는 말이 없었다. 마치 아무것도 들리지 않는다는 듯 입술을 꾹 다물고 붉은 태양만 응시했다.

닐스는 강물 속에 두 손을 집어넣고 가만히 있었다. 흥분된 표정이 사라진 닐스의 얼굴에 순간 그늘이 졌다. 닐스의 손등이 하얀 물고기처럼 수면 밑에서 유연하게 움직였다. 닐스는 숨을 크게 내쉬더니 말했다.

한국의 하지는 정말 뜨겁구나. 빛이 이렇게 강렬하다니.

그 순간 나는 잘못 보았나 싶었다. 우나? 닐스의 콧망울과 눈이 붉었다. 낮은 목소리로 닐스가 말했다.

돌아가자.

5

우리는 식탁에 앉아 밤늦게까지 술을 마셨다. 나중에는 얼마나 마셨는지 헤아릴 수도 없을 정도였다. 나도 술이 센 편이었지만 닐스를 이길 수는 없을 것 같았다. 그는 타고난 술꾼이었다. 하지에는 원래 독주를 마셔야 한다며 맥주 두 잔에 보드카 한 잔을 마시는 패턴으로 연거푸 술을 마셔댔다. 닐스는 취한 것 같았지만 흥분되고 즐거워 보일 뿐 거칠어진다거나 느슨해지지 않았다. 그는 보드카 잔을 비울 때마다 조미김을 안주로 먹었는데 그 맛이 기이하다며 좋아했다.

참 이상하네. 입에 들어가면 부서지고 금방 녹아 없어진단 말이야.

돌아갈 때 내가 선물로 가방 한가득 넣어줄게.

닐스는 느리고 낮은 목소리로 땡큐, 땡큐,라고 중얼거렸다. 그러고는 풀린 눈으로 식탁 위의 촛불을 멍하게 바라봤다. 불빛이 비친 그의 얼굴이 유난히 창백해 보였고 눈동자는 평소보다 투명하게 느껴졌다.

지구는 비스듬하게 기울어져 있어.

주먹을 쥐고 천천히 허공에 띄우더니 손목을 살짝 꺾었다. 촛불과 주먹과 그림자 진 그의 얼굴이 해와 지구와 달처럼 일직선으로 놓였다. 그는 후, 소리를 내며 한숨을 내쉰 뒤 묘한 미소를 띠고 말했다.

기울어져 있으니까 재밌는 일도 많지만 슬픈 일도 많이 일어나지.

맥주 한 모금을 마시고 그는 말했다.

낮이었다가 밤이었다가, 낮이 길었다가 밤이 길었다가, 여름이었다가 겨울이었다가.

닐스는 누구한테 하는 말인지 알 수 없이 중얼중얼거리더니 음악이 듣고 싶다고 했다. 무슨 음악이 듣고 싶으냐고 물으니 뭐든 좋다는 듯 어깨를 들었다 내렸다. 나는 브라질의 음악가 카에타누 벨로주의 음악을 검색해 유명한 순서대로 재생되게 설정했다. 휴대전화의 작은 스피커로 기타 연주와 함께 부드러운 목소리가 울려 퍼졌다. 닐스는 만족스러운 표정으로 맥주잔을 들고 자리에서 일어났다. 탁자 위에 두고 심심할 때마다 손가락에 끼워 빙빙 돌리던 모자를 쓰고 느린 몸짓으로 춤을 추기 시작했다. 음악과는 무관한 춤이었지만 모자를 쓰고 느릿느릿 팔을 흔들어대는 모습이 꽤 근사했다. 나는 손뼉을 치며 브라보, 브라보,라고 소리쳤다.

새벽이 깊었지만 우리는 깨어 있었다. 술을 마신다기보다 잠들지 않기 위해 새벽을 견디는 것 같았다. 우리는 더 이상 대화도 나누지 않았다. 그저 잔에 담긴 술을 조금씩 비우며 시간을 보낼 뿐이었다. 흥분이 가신 닐스의 표정은 쓸쓸했다. 닐스가 말했다.

네가 만든 영화를 보고 싶어.

지금?

지금.

그때 영화를 보는 것은 아무리 생각해도 적절하지 않은 것 같았지만 그렇다고 영화를 보기에 좋은 적절한 순간이란 것도 없을 것 같았다. 나는 얼마 전 영화제에서 상을 받은 단편영화를 틀었고 우리는 소파에 나란히 앉았다. 닐스가 힘이 빠진 목소리로 더듬거리며 물었다.

제목이 뭐야?

'영화의 겨울'.

나쁘지 않다.

나쁘지 않아?

나쁘지 않아.

왼 다리를 저는 한 남자의 뒷모습이 나온다. 그는 오래된 집이 모여 있는 계단이 많은 동네에 산다. 남자는 환한 햇빛 아래 눈사람처럼 서 있다. 남자의 곁을 리어카와 자동차가 지나갔고, 어린아이들이 지나갔으며, 지저분한 떠돌이개도 지나갔다. 카메라는 남자의 주위를 돌며 풍경을 담는다. 눈이 녹아가는 늦겨울 오후. 햇빛이 들지 않는 골목엔 눈이 쌓여 있고 큰길엔 눈이 녹아 까만 아스팔트가 반쯤 드러나 있다. 광선과 건물이 만들어내는 그림자가 양달과 응달을 선명하게 갈랐다. 선분의 느린 움직임을 따라 녹아내리는 회색 얼음 알갱이들, 햇빛과 그림자로 얼룩진 신발, 밑단이 젖어 검게 변한 갈색 면바지, 그 곁에 어지럽게 널려 있는 발자국들. 남자는 좀처럼 걸음을 떼지 못하고 미로처럼 꼬여 있는 길을 쳐다보고만 있다. 그러다 골목을 향해 걸음을 옮긴다. 눈을 밟고 얼음을 밟고 파헤쳐진 흙을 밟고 찢어진 종이 상자와 연탄재를 밟고 걷는다. 남자의 불규칙하고 비대칭적인 움직임 속에서 삐걱삐걱 소리가 날 것만 같다. 얼음이 깔려 있는 가파른 계단 앞에 서서 남자는 한참 동안 계단 끝을 바라본다. 하늘을 향해 열려 있는 사다리 같은 계단. 보이지 않는 남자의 얼굴. 그 주위로 구름처럼 피어오르는 새하얀 입김.

영화는 끝났지만 우리는 소파에 앉아 브라운관을 응시했다. 닐스는 잠들기 직전의 피로하고 위태로운 모습으로 천천히 비틀거리며 물었다.

저게 한국의 겨울이야?

나는 아무 말도 하지 않았다. 그는 허공을 멍하게 바라보며 말했다.

이곳의 겨울은 빛이 많구나.

닐스는 천천히 몸을 기울이며 내 어깨에 이마를 붙였다. 규칙적으로 내쉬는 더운 숨이 왼팔에 느껴졌다. 그는 그렇게 5분 정도 가만히 있었다. 나는 그가 잠이 든 줄 알고 소파에 눕히려 했다. 그 순간 닐스는 말했다.

스웨덴은 지금 시끄러울 거야. 다들 조금이라도 더 깨어 있으려고 애를 쓰거든. 나도 이렇게 쉽게 잠들 순 없지.

닐스는 내 어깨를 짚고 몸을 일으키더니 부유하듯 느리게 걸어 식탁으로 향했다. 그는 식탁에 이마를 대고 이상한 소리로 웃기 시작했다. 낄낄거리며 웃는 것도 같았고 끌끌거리며 우는 것도 같았다. 닐스는 말했다.

하지가 지나면 밤이 길어지지. 12월이 되면 오후 3시만 돼도 어두워져. 그리고 아침 9시가 될 때까지 해는 뜨지 않아. 겨울은 혹독해. 그리고 끔찍하지. 정말 믿을 수 없을 정도로 길거든. 사실 추위보다 무서운 것은 어둠이야. 어둠과 추위는 사람들을 변하게 해. 슬프고 날카롭게 만들어. 사랑했던 이들은 이별하고, 말이 많던 이들은 침묵해. 도시는 텅 비고, 거리에는 아무것도 없어. 밤은 무한하게 늘어나. 마치 영원 같아. 이 밤이 지나면 아침이 온다는 과학적 약속이 거짓말로 느껴질 정도야. 아무리 대비하고 예상해도 밤은 너무 길게 느껴져. 밤이 깊어지면 시간이 멈춰버린 것 같아. 심지어 뒤로 가는 밤도 있어. 모든 감각이 무너지고 아무것도 믿을 수 없게 되는 순간도 오지. 식탁에 우두커니 앉아 촛불을 바라보는 새벽엔 어쩌면 세상이 오래전에 멸망해버린 것은 아닐까 하는 생각이 들기도 하거든. 한겨울에는 말야. 그러니까 한겨울에는……

닐스는 한겨울이라는 말을 반복했다.

그때는 할 수 있는 게 없어. 그저 의자에 앉아 있거나 침대에 누워 있을 수밖에. 그냥 견디는 거야. 어둠 속엔 뭐가 있을까. 바깥에선 무슨 일이 벌어지고 있을까. 어둠은 텅 빈 그림자가 아니야. 무엇인가 꽉 들어차 있는 무거운 암흑이지. 그때부터 상상하기 시작하지. 상상은 무섭지만 그것을 피할 수는 없어. 원근법이 사라지는 풍경, 질서를 잃고 어그러지는 사물들, 물리적인 법칙이 무시되는 바깥의 세상. 그러다 결국 허상을 만들어내고 환영을 따라 집안을 떠돌다 탁자나 벽에 부딪히곤 하거든. 매일매일 위험한 생각, 견디기 힘든 충동과 싸우다 아침이 오면 겨우 잠드는 거야. 그러다 4월이 되면 비로소 정신이 깨어나지. 긴 악몽을 꾸다 일어난 것 같아.

닐스는 말을 멈추고 잔에 맥주를 채웠다. 그리고 한참 뜸을 들이더니 말을 이었다.

함께 사는 친구는 그러지 못했어. 이름은 선형. 한국 사람이었지. 그와 2년을 살았는데 작년 겨울에 죽었어.

나는 소파에서 일어나 닐스의 맞은편 자리에 앉았다. 닐스는 눈을 감았다 떴다 하면서 잠꼬대하는 사람처럼 말을 이어갔다.

'죽겠다'라는 말을 입에 달고 사는 친구였어. 좋은 것도 그렇게 표현했고 나쁜 것도 그렇게 표현했지. 나는 그 점이 마음에 들지 않았어. 하지만 그는 반대로 내 말투가 무미건조하다고 싫어하더군. 나는 대부분의 감상을 '나쁘지 않다'라고 했거든. 나중엔 이것이 문화의 차이라는 것을 알게 됐지만, 우린 자주 그 이야기를 하면서 서로의 말버릇을 흉내 내며 말장난을 즐겼지. 나중에는 서로 조금씩 노력하자고 합의했어. 나는 분명하고 명확하게 말하기로, 그는 과장하거나 비약하지 않고 표현하기로. 그랬는데, 지금은 그 약속을 후회해. 그 친구를 내버려둬야 했어. 그랬으면 정말로 죽고 싶어졌을 때 '죽고 싶다'라고 말을 했을까.

닐스는 두 손을 뺨에 대고 계속 문질렀다. 그리고 모자를 만지작거렸다. 떨리는 손가락을 어떻게 해야 할지 모르는 사람처럼 불안하고 초조해 보였다.

1월의 어느 밤이었어. 겨울도 그쯤 되면 바위처럼 단단해지지. 춥고, 얼어 있고, 황량하고, 삭막한 기운이 감정을 완전히 사로잡거든. 우울하다는 기분 혹은 쓸쓸하다는 기분이 별것 아니게 느껴져. 뭐랄까, 이런 감정들이 보편적인 인간성처럼 굳어진다고 해야 하나. 뭔가 극복해야 하거나 이겨내야 한다는 마음조차 사라지거든. 순록이 자신의 무뚝뚝한 기질을 의심하지 않는 것처럼 사람들은 저조한 감정에 대해 깊이 회의하지 않게 되지. 그런 나날들이 지나고 있었어. 그 밤은 이상하게 포근했던 것 같아. 우리는 나란히 앉아 창밖을 바라보며 오랜만에 이야기를 나누었어. 어둠 외에는 아무것도 보이지 않을 만큼 깜깜했지만 이상하게 미명처럼 푸르게 느껴지더군. 그에게 물었어. 괜찮으냐고. 그는 희미하게 웃으면서 나쁘지 않아,라고 답하더군. 그도 내게 같은 질문을 했지. 나는 우는 시늉을 하며 말했어. 죽겠다,라고 말이야. 그와 나는 잠시 웃었던 것 같아. 그리고 각자의 방으로 돌아갔어. 그런데 그게 마지막이었어.

닐스는 양손으로 눈가를 감싸고 잠시 가만히 있었다. 침묵이 습도 높은 여름 바람처럼 느리게 거실을 휘돌았다. 그의 얼굴에서 고통스러운 의문이 비쳤다.

그 후로 나는 같은 꿈을 열 번도 넘게 꾸었어. 꿈속에서 그는 환하게 웃으며 나쁘지 않아,라고 말하고 방에 들어가. 그리고 아무도 몰래 고요하게 죽어. 방 창문에는 그의 손자국이 셀 수도 없이 찍혀 있지. 바깥은 어둡고 어둠 속에서는 눈보라가 몰아치고 있어.

닐스는 고개를 숙여 이마를 식탁에 댄 채 몇 번이고 한숨을 내쉬며 말했다.

그때 그는 내게 줄 모자를 만들고 있었어. 형편없는 솜씨였어. 코바늘을 뜨는 모습이 어린아이처럼 어설펐지. 11월에 시작했는데 1월이 다 끝나가도록 완성하지 못했어. 나는 종종 그를 놀리곤 했어. 재능이 없는 분야에 무리하게 도전하면서 자신을 괴롭힐 필요는 없다고 말야. 그 말을 들을 때마다 그는 어떻게든 모자를 만들 거라며 두고 보라고 했는데. 모자도 완성하지 못하고, 미안하다는 말도 안 하고, 짧은 메모 하나 없이 그렇게 죽어버리다니.

닐스는 잠시 말을 멈추고 반쯤 남아 있는 맥주를 단번에 들이켰다. 그는 얼굴을 찌푸리고 숨을 깊이 들이쉬고는 낮고 짙은 음색으로 말했다.

많은 이들이 스스로 죽어. 그건 이 순간에도 누군가는 태어나고 누군가는 늙어 죽는 것처럼 어쩐지 당연하고 자연스러운 일이 되어버렸어. 그런데 그가 낯선 나라에서, 그것도 내 집에서 죽었다는 것은 받아들이기 힘든 부분이 있어. 아무리 생각해도 그것은 자연스럽지가 않아. 이상해. 정말 이상해.

닐스는 주머니에서 노트를 꺼내 펼치고 글씨를 썼다.

LEE SEON HYOUNG

한번 읽어줘.

이선형.

닐스는 내 입에서 나오는 이름을 뚫어지게 바라봤다. 그리고 거의 정확한 발음으로 따라 했다.

이선형.

그 순간 나는 그의 말을 듣고 가슴이 저릿했는데 그 짧은 문장이 입술 사이로 새는 신음처럼 들렸기 때문이다. 닐스는 빈 맥주잔을 식탁 위에 돌리면서 그 밑에 한 줄을 더 썼다. SUNNY. 그리고 말했다.

스웨덴에서는 써니라고 불렀어. 그는 써니가 여자들에게 붙이는 이름이라고 싫어했지만 나는 그렇게 불렀어. 써니. 그는 그 이름이 딱 어울리는 친구였거든. 한국에 와보고 싶었어. 가장 뜨겁고 빛이 많은 날 그의 일부를 보내주고 싶었지. 나머지는 마당에 있는 전나무 밑에 묻었어.

닐스는 얼굴을 구기며 애써 웃었다. 눈에는 눈물이 고여 있었다. 강물에 손을 집어넣고 눈이 빨개진 채 감정을 알 수 없는 묘한 표정을 짓던 얼굴이 떠올랐다. 나는 그제야 오리배에서 닐스가 행했던 이해할 수 없는 몇몇 일들에 대한 의미를 깨달았다. 창밖이 밝아오고 있었다. 닐스는 푸른 색조를 띤, 어둠으로 가득 찬 창문 너머를 응시했다. 그리고 또렷한 한국어로 말했다.

죽겠다.

닐스는 가면을 뒤집어쓰듯 털모자를 입술까지 쭉 끌어당긴 뒤 손을 흔들며 자신의 방으로 들어갔다.

6

닐스는 스웨덴으로 돌아갔고 열흘 뒤 'Midwinter'라는 제목의 시를 메일로 보내왔다. 나는 그의 시를 읽은 뒤, 제작하고 있던 영상에 이미지 몇 개를 추가로 덧붙였다. 하지의 한강을 보여주면서 영상은 시작된다. 강물 위를 떠다니는 오리배, 잠겼다 떠오르기를 반복하는 얼음 독수리 조각, 크게 퍼져나가는 둥근 파문, 붉게 물들어가는 닐스의 흰 몸과 맥주 거품, 그리고 어두워지면서 빛을 잃어가는 풍경과 사물들의 그림자가 주요한 이미지로 들어갈 것이다. 작업을 하는 내내 닐스를 생각했다. 그와 함께 보낸 하지에 대해 생각했고 그가 묘사했던 스웨덴의 길고 긴 밤을 생각했다. 의문으로 가득 찬 그의 표정이 떠오를 때마다 작업을 최대한 빨리 끝내고 싶다는 불안과 초조함을 느꼈다. 영상이 마무리되면 가장 먼저 닐스에게 보내줄 생각이다. 어쩌면 이 결과물은 그에게 보내는 편지일 수도 있고 겨울에 보내는 여름 선물일 수도 있다. 내가 바라는 것은 한 가지다. 닐스가 겨울의 어둠 속에서 이 영화를 보고 아침이 올 때까지 희미하게 웃는 것. 나는 종종 잠을 이루지 못하는 밤이 오면 그가 보내준 시를 읽곤 한다. 중얼거리고 있으면 주위의 온도가 조금 내려가는 것 같은 서늘함이 느껴진다.

어제 죽은 나는 어딘가에 도착해 눈을 떴다. 이곳이 천국인가 지옥인가. 삶에 대한 확신과 연구가 부족했던 나는 내 영혼이 어떻게 해석될지 알 수 없어 이곳을 판단할 수 없다. 나는 걷는다. 집 근처를 산책하는 사람처럼 걷는다. 낯선 역에 도착한 여행자처럼 걷는다. 오랜 투병으로 지친 병자처럼 걷는다. 얼음으로 만들어진 도시에 영원히 지지 않는 태양이 떠오른다. 도시는 멸망의 기운을 내뿜으며 조금씩 무너지고 있다. 이토록 아름다운 몰락이 어디에 있단 말인가. 반짝반짝 빛을 내며 녹는 건물과 크고 작은 거리들. 나는 오늘 죽는 사람처럼 무기력하게 혹은 자신감 있게 도시를 걷는다. 도시는 비어 있다. 사람들은 보이지 않는다. 모두 도망갔거나 모두 죽었으리라. 아니면 어딘가에 숨어 경계하며 두려움에 떨고 있을지도 모른다. 하늘에는 마녀가 앙상한 팔을 휘저으며 새처럼 날아다니고 있다. 언덕에 십자가처럼 서서 도시를 바라보는 하얀 곰들. 어느새 나는 아주 작은 아이처럼 작게 녹아 울면서 걷고 있다. 빈집의 깨끗한 창문 너머에 이름을 알 수 없는 동물들의 얼굴이 나타났다 사라진다. 태양이 지지 않아 이토록 환한 낮에 내 얼굴은 양초처럼 모두 녹아 눈도 없고 코도 없고 입도 없는 둥근 바위가 된다. 눈 없는 얼굴로 울면 온몸은 눈물로 채워지네. 빗물이 고인 오래된 수조처럼 오늘 죽은 자들은 영원하고 아름다워. 한낮. 한밤. 그리고 춥고 어두운 한겨울에.

은희경

편혜영

백가흠

은희경은 1959년 전북 고창에서 태어났다. 1995년 『동아일보』 신춘문예로 등단했다. 소설집 『타인에게 말 걸기』 『행복한 사람은 시계를 보지 않는다』 『상속』 『아름다움이 나를 멸시한다』 『다른 눈송이와 아주 비슷하게 생긴 단 하나의 눈송이』, 장편소설 『새의 선물』 『마지막 춤은 나와 함께』 『그것은 꿈이었을까』 『마이너리그』 『비밀과 거짓말』 『소년을 위로해줘』 『태연한 인생』 등을 펴냈다. 문학동네소설상, 동서문학상, 이상문학상, 한국소설문학상, 한국일보문학상, 이산문학상, 동인문학상, 황순원문학상 등을 수상했다.

대용품

봄밤

그해 봄 두 소년은 열세 살이었다. 어른들의 당부와 독려와 충고가 부쩍 늘어났다. 소년들에게는 그것 모두가 잔소리로 여겨졌다. 으레 똑같은 문장으로 끝나기 때문이었다. 내년이면 너도 중학생이다. 그것은 끝나가는 유년에 대한 유감이라기보다는 책임감과 시간을 학습시키는 구태의연한 교육 방식이었다. 더 이상 어린애가 아니라는 말이 사실이기는 했다. 소년들은 나날이 몸이 달라졌다. 관심사와 거기에서 생겨나는 잡념도 많아졌다. 싫은 것과 불만과 두려움에 대한 견해는 강해졌지만 놀이와 장난에는 시들해졌다. 마음을 털어놓을 수 있는 대상은 아주 적은 수가 되었다. 그리고 별 불만 없이 시키는 대로 해오던 일이 하기 싫어졌는데 그중 하나가 성당의 복사 일이었다. 무릎을 덮는 붉은 제의 위에 짧고 흰 가운을 걸치고 신부의 양쪽에 서서 십자가를 들거나 성체를 내오거나 촛불을 끄는 그 일을 두 소년은 1년 넘게 해왔다. 기분에 따라 쉽게 그만둘 수 있는 종류의 일도 아니었다. 신부님께 말씀드려볼까, 못 하겠다고. 아버지한테 먼저 말해야 하지 않냐? 안 돼. 혼만 날 거야. 그날 저녁 평일 미사를 마치고 집으로 돌아가는 길에 소년들은 그런 대화를 나누었다. 초저녁에 잠깐 얼굴을 비치는 초승달이 들어가버린 시각이라 골목은 제법 어두웠지만 담장 너머로 뻗어 나온 꽃나무 가지에 마치 등불을 켠 듯 꽃송이들이 환히 피어 있었다. 신부님이랑 아버지, 누가 더 무서워? 둘 다. 묻는 소년은 농담 투였지만 대꾸하는 소년의 목소리는 시무룩했다. 둘은 키 차이가 조금 났는데 작은 쪽 소년이 활달하다면 큰 쪽은 조심스러운 편이었다. 하느님은? 하느님은 안 무서워? 하느님이 제일 무섭지. 그래도 다행히 하느님은 멀리 계시잖아. 얼마나 고맙냐. 응. 그래서 우리가 늘 감사 기도를 드리는 거지. 둘은 눈을 마주치고 픽 웃었다.

미사 시간에 신부와 나란히 제단에 앉아 있을 수 있는 복사는 영예로운 자리였다. 그 자리에 뽑히기 위해서는 신앙심과 총명과 성실성 세 가지가 모두 증명돼야 했다. 두 소년이 선택된 것은 그들의 부모가 사목회 임원이어서 그런 증언을 하기에 유리한 위치에 있었기 때문만은 아니었다. 그들은 전교 학생회장과 부회장이었다. 하나는 전교 1등을 독차지해왔고 다른 하나도 늘 10등 안에는 들었다. 소년들이 다니는 읍 단위의 시골 학교에서 아이큐 140이 넘는 것은 그들 둘뿐이었다. 그리고 변성기의 조짐이 보이는 고르지 않은 목소리로 두런두런 얘기를 나누며 어두운 골목을 걷고 있는 그 봄밤이 지나 아침이 오면 소년들은 서울행 버스를 타기로 돼 있었다. 국립 연구 기관에 정밀 지능검사를 받으러 가는 거였다. 검사 결과 1급으로 분류되면 자신이 태어나고 자란 고향을 떠나 서울의 영재교육 기관에 입학할 것이었다.

소년들을 서울로 인솔할 지도교사가 김웅용이라는 사람에 대해 말해주었다. 너희들, 세계에서 제일 머리 좋은 사람이 한국 사람이란 거 알아? 아이큐 210이라 기네스북에도 올라 있어. 지도교사는 그가 세 살 때 낸 책은 일곱 나라에서 번역되었고 네 살 때는 이미 4개 국어를 유창하게 말했다고 전했다. 한복을 입은 다섯 살짜리 꼬마가 칠판 가득 미적분 문제를 푸는 모습이 일본 텔레비전 프로그램에서 방영돼 세계를 놀라게 했다. 그 천재는 여덟 살 때 NASA에 들어갔다. 그래서 그 사람 지금은 어떻게 됐어요? 그건 나도 몰라. 키 작은 소년의 질문에 지도교사가 얼굴을 찡그렸다. 넌 늘 무슨 쓸데없는 질문이 그렇게 많냐? 그다음 말은 다소 누그러진 어투였다. 하긴 머리 좋은 놈이니까. 그러고는 키 큰 소년 쪽을 바라보았다. 넌 질문 없어? 네. 넌 또 왜 그래? 질문하는 걸 한 번도 못 봤어. 다 알아? 친구가 머뭇거리는 것을 곁눈으로 지켜보고 있던 작은 소년이 대신 대답했다. 다 알걸요. 나도 알았다, 이놈들아. 지도교사도 어이없다는 듯 웃고 말았다.

근데, 왜 하기 싫어? 작은 소년이 키 큰 소년을 올려다보며 물었다. 복사? 응. 그냥. 키 큰 소년이 길게 대답하고 싶지 않은 눈치였으므로 작은 소년은 더 묻지 않았다. 그즈음 키 큰 소년은 자주 혼잣생각에 잠기곤 했다. 서울 가는 것도 싫은 눈치였고 성당에 있을 때도 시들하거나 불편한 표정이었다. 키 큰 소년이 작은 소년 쪽으로 고개를 돌렸다. 넌? 너도 싫댔잖아. 아, 나? 난 네가 싫다길래. 네 말이 맞는 것 같던데? 그런 게 어딨냐? 왜 없냐? 소년들은 서로 턱을 앞으로 내밀었다. 그러나 억지 반격을 기다렸던 작은 소년의 기대와 달리 키 큰 소년의 눈빛에 장난기가 사라졌고 대화는 거기에서 끊어졌다.

둘은 한참을 말없이 걸었다. 작년까지만 해도 그들은 조용히 걷는 법이 없었다. 할 말이 떨어지면 신발 차기라도 하며 갔다. 신발 한 짝을 발 앞부리에 걸치고 멀리 찬 뒤 앙금질로 쫓아가서 다시 또 차올리는 장난이었다. 때로 신발이 담장을 넘어 모르는 집 마당으로 떨어지기도 했다. 대문에 〈개조심〉이라고 씌어진 집으로 넘어가버리면 특히 난감했다. 키 큰 소년은 수줍음이 많고 긴장하면 말을 더듬었다. 키 차이가 나는데도 둘의 발 크기는 비슷했다. 키 큰 소년의 신발이 담장을 넘어갔을 때에도 집주인에게 가서 신발을 찾아오는 건 언제나 작은 소년이었다. 신발을 바꿔 신고 가서는 자기 신발을 찾으러 온 척 용서를 구했다. 그런 다음 소년들은 뒤꼭지에 집주인의 시선을 의식하며 최대한 자연스러운 걸음으로 걸어 나오곤 했다. 소년들이 다시 자기 신발로 바꿔 신는 장소는 대개 골목 마지막 집 앞이었다. 신발 차기를 하지 않았을 때에도 그 집이 가까워지면 누가 먼저랄 것도 없이 걸음이 느려졌다.

그 집에는 같은 반 소녀가 살고 있었다. 골목 쪽으로 창문이 나 있는 작은방의 그 주인은 소년들이 피우는 소란에 한 번도 반응을 보인 적이 없었다. 그걸 알면서도 소년들은 장난을 그만두지 않았다. 그때의 소년들이었다면 아마 그날 밤도 그 집 앞에서 걸음을 멈췄을 것이다. 얼굴에 엷은 홍조가 떠올랐을 테고 그 집의 담장 밖으로 뻗어 나온 하얀 목련꽃을 조준해 신발 한 짝을 힘껏 차올렸을 것이다. 그러나 소년들은 골목 마지막 집을 묵묵히 지나쳤다. 주머니에 넣었던 두 손을 빼지도 않았고 불이 밝혀진 창문을 향해 바람 소리가 새는 서툰 휘파람을 불지도 않았다. 헤어질 때 소년들은 여느 때처럼 심상히 인사를 주고받았다. 내일 보자. 응. 하느님께 기도하고 자, 일찍 깨워달라고. 그 말을 끝으로 둘은 멀어졌다. 개 짖는 소리가 멀리 들려올 뿐 골목 안은 정적에 잠겨 있었다. 그 봄밤, 골목 깊숙이 소년들의 그림자는 조용히 움직였고 탐스럽게 꽃핀 목련나무 가지가 담장 너머로 뻗어 나와 바람에 흔들렸으며 바깥의 기척에 귀를 기울이던 창문 안의 소녀는 빼놓았던 이어폰을 다시 귀에 꽂았다. 볼륨을 작게 해놓았으므로 워크맨에서 흘러나오는 노랫소리는 아주 먼 곳에서 들려오는 것 같았다.

멀미

다음 날 새벽 어스름 속에 소년들은 첫 버스를 탔다. 버스 안에는 당일치기로 서울에 다녀오려는 승객들이 드문드문 좌석을 메우고 있었다. 소년들은 앞쪽 자리에 앉은 지도교사의 시야에서 되도록 멀리 벗어나 뒷좌석에 나란히 자리를 잡았다. 먼저 올라탄 작은 소년이 창가 자리였고 키 큰 소년은 통로 쪽이었다. 좌석을 돌아다니며 표를 확인하던 버스 기사가 소년들에게 앞쪽의 빈자리를 놔두고 뒤에 떨어져 앉았다고 잔소리를 했다. 고약한 입내에 술냄새가 섞여 있었다. 차가 출발하자마자 아침을 거른 소년들은 가방에서 빵과 우유와 바나나를 꺼내 먹기 시작했다. 버스가 국도를 벗어나 산길로 접어들 즈음 키 큰 소년의 낯빛이 핼쑥해졌다. 멀미인지 체한 건지 속이 메슥거린다고 하자 작은 소년이 등을 몇 번 토닥여주었다. 키 큰 소년의 이마에 식은땀이 배어나는 걸 보고는 창가 자리를 양보했다. 구불구불한 재를 넘어갈 때 길이 특히 험했다. 차가 심하게 덜컹거려 신경이 쓰였는지 지도교사가 뒤를 돌아보았다. 그러고는 자기 자리로 와보라는 손짓을 했다. 일어난 것은 자리를 바꿔 통로 쪽에 앉아 있던 작은 소년이었다.

작은 소년이 흔들리는 버스 안에서 어렵사리 균형을 잡으며 앞쪽을 향해 비틀비틀 걸음을 옮기고 있을 때 그 일이 일어났다. 비탈길을 돌던 버스가 낭떠러지 아래로 굴렀다. 대부분 잠들어 있던 승객들이 사태를 깨달았을 때는 산 중턱의 바위에 걸쳐져 버스가 가까스로 움직임을 멈춘 뒤였다. 정신을 차린 승객들이 선반에서 쏟아져 내린 짐을 챙겨 앞다투어 버스 안을 빠져나가기 시작했고 여기저기에서 조심히 움직이라는 외침이 터져나왔다. 지도교사를 포함해 몇 사람이 다쳤지만 치명상은 아니었다. 경찰과 응급차가 도착할 때쯤에는 상황이 대충 정리되고 승객들의 흥분도 어느 정도 진정된 뒤였다. 몸이 허공으로 떠올라 이리저리 내동댕이쳐지면서 온몸의 뼈가 부러진 한 소년의 죽음이 아니었다면 경미한 사고일 수도 있었다.

키 큰 소년은 영화라도 보고 있는 듯 아무것도 실감이 나지 않았다. 구급차 안에서 누군가 골절상을 입은 소년의 팔에 압박붕대를 감을 때도 별다른 통증을 느끼지 못한 채 자기 팔을 멍하니 내려다보았다. 자신이 작은 소년의 신발을 신고 있다는 것도 깨닫지 못했다. 병원에 도착한 지 얼마 되지 않아 아버지가 달려왔다. 아버지가 물어서야 소년은 왜 친구의 신발을 신게 되었는지 기억을 더듬었다. 명치께가 답답해서 허리띠를 풀었고 그러면서 신발까지 벗었던 게 기억났다. 그리고 사고가 난 뒤 소년이 맨발인 것을 보고 구조대원이 버스 안에서 주워와 신겨준 것이 그 신발이었다. 친구의 신발은 아버지에 의해 즉시 벗겨졌다. 곧바로 어딘가에 버려졌을 것이다. 아버지는 재수가 없다며 사고가 난 날 소년이 입었던 점퍼와 바지도 버렸다. 서울 나들이를 위해 새로 산 옷들이었다. 어디로 갔는지 알 수 없는 소년의 신발 역시 전날 저녁 아버지가 가게에서 상자째로 갖고 들어온 신상품이었다. 아버지는 그날로 똑같은 신발 한 켤레를 가져다주었다.

한동안 소년은 팔에 깁스를 한 채 학교에 다녔다. 복사 일은 할 수가 없었다. 깁스를 풀어 팔이 자유스러워진 뒤에도 다시 돌아가지 않았다. 죽은 친구의 기억이 고스란히 담긴 그 자리로 돌아가라고 강요할 사람은 이제 아무도 없었다. 정밀 지능검사도 받을 필요가 없어졌다. 테스트는 1년에 한 번 실시되었고 기회는 다시 오지 않았다. 아버지는 대신 서울로 이사하기로 결정했다. 아버지의 오랜 계획이 실현된 것이었다. 소년에게 좋은 교육을 시켜야 한다는 말에는 꿈쩍 않던 큰아버지도 죽음의 기억에서 벗어나야 한다는 데에는 아버지에게 장사 밑천을 빌려주지 않을 수 없었다.

이사는 여름방학이 시작된 다음 날로 잡혔다. 구름 한 점 없이 아침부터 햇볕이 뜨겁게 내리쬐는 날이었다. 이삿짐 트럭이 버스 사고가 났던 구불구불한 재를 넘어갈 때 소년은 차창 밖을 멍하니 바라보았다. 짙은 녹음이 온 산을 뒤덮고 있었다. 그것들은 소년의 시야를 휙휙 지나쳐 사라져갔다. 어느 순간 멀미를 하지 않는다는 걸 깨달았지만 그것은 소년에게 별다른 감정을 불러일으키지 않았다. 사고가 일어나기 전날 밤이 떠올랐다. 친구의 그림자가 골목을 빠져나간 뒤 소년은 혼자 담장에 기댄 채 서 있었다. 별이 유난히 많았고 한참을 올려다보고 있으니 마치 물줄기를 이루어 어딘가로 흘러가는 것 같았다. 그 밤 이후 많은 것이 변했다. 그중에 소년이 진정으로 원한 변화는 아무것도 없었다. 그럼에도 그날 밤 자신이 소원했던 모든 일이 이루어졌다는 사실 때문에 소년은 혼란에 빠져 있었다. 그 혼란은 슬픔보다는 고독의 얼굴로 다가왔다.

해후

K는 그다지 눈에 띄지 않는 존재로 학창시절을 보냈다. 앞장서지도 뒤처지지도 않았으며 늘 무리에 섞여 있었다. 여전히 수줍음이 많은 편이었지만 말을 더듬지는 않았다. 혼자 있기를 좋아해서 대부분의 시간을 제 방의 책상 앞에서 보냈다. 성적은 큰 기복 없이 그럭저럭 상위권을 유지했다. 머리가 좋으니 조금만 노력하면

두각을 나타낼 텐데 욕심이 없어서 탈이라는 아버지의 안타까움과 는 상관없이 그 정도가 자신의 자리라고 생각했다.

대학을 졸업해 직장을 구하자마자 그는 월세 오피스텔을 구해 집에서 독립했다. 자동이체로 매달 부모에게 용돈을 보내는 것은 거르지 않았지만 집에는 한두 달에 한 번 들르는 정도로 발길이 뜸했다. 주말이면 밀린 청소와 빨래를 하고 장을 봐서 조촐하나마 손수 요리를 해 먹으며 시간을 보냈다. 자전거를 타고 강변을 달리거나 샤워를 마친 뒤 다림질한 옷으로 갈아입고 심야영화를 보러 나가기도 했다. 어떤 날은 집에 틀어박혀 컴퓨터 게임을 하고 야구 중계를 보고 헤비메탈 음악을 들었으며 차가운 맥주를 마시다가 벌떡 일어나 혼자 춤을 추는 일도 있었다. 늦은 밤 차를 몰아 강바람을 쐬러 가는 것과 포장마차 구석 자리에 앉아 국수를 먹는 것도 하나의 취미였다. 여행은 즐기지 않았다. 변화를 싫어해서 주인의 요구대로 월세를 올려주며 몇 년째 같은 집에서 살고 있었고 그사이 직선 도로가 뚫렸는데도 첫 출근하던 길로만 운전을 했다.

물건만은 자주 바꾸는 편이었다. 쉽게 버리고 금방 다른 걸 새로 샀다. 새것을 좋아한다기보다 오래 곁에 두고 아끼는 물건이 없다고 하는 편이 맞을 것이다. 사람을 대하는 태도도 비슷했다. 조직에 잘 적응하고 동료들과도 사이가 좋았지만 특별히 친하거나 오래 만나는 사람은 없었다. 매뉴얼대로 사는 사람이 갖기 마련인 정돈됨 때문에 어딘가 규격품 같은 느낌을 주기도 했다. 그러나 그 규칙성과 건조함에 싱거운 유머 감각이 보태지면 유능하고 담백한 성격으로 비쳐졌고 그 결과 곧잘 여자들의 호감을 사는 것도 사실이었다. 여자 친구는 있기도 하고 없기도 했다.

그녀는 K를 한눈에 알아보았다. 18년 만이니 길에서 마주쳤다면 그냥 지나쳤을지도 모른다. 하지만 그곳은 어떻게든 친분이 있는 사람들이 한자리에 모이는 결혼식장이었다. 오랜만에 만난 친척과 옛 친구들이 서로 안부를 묻고 소식을 전한 뒤 또 다른 아는 사람을 찾아다니느라 혼잡을 이루고 있었다. 대절 버스로 상경한 그녀의 어머니도 그 무리 속에 있을 것이다. 예식이 시작되기 전이었다. 그녀는 식장 안으로는 들어가지 않을 생각이었으므로 복도의 기둥 뒤에 선 채 어머니를 눈으로 찾았다. 그녀의 시선이 눈에 익은 어른들 몇 명을 스친 뒤 엘리베이터 앞에 서 있는 키 큰 남자에게서 멈추었다. 그녀는 눈을 한번 깜박거렸다. 다음 순간 자신도 모르게 입속으로 그의 이름을 중얼거렸다. 그리고 마치 그 소리를 듣기라도 한 듯 K가 고개를 돌렸고 둘은 눈이 마주쳤다.

기둥 뒤에서 나온 그녀는 복도 끝의 창가를 향해 걸어갔다. K가 그녀 쪽으로 천천히 다가오는 게 보였다. 그녀는 K가 자신을 바로 알아보았다는 사실을 신기해하다가 그의 눈에 비친 자신의 모습이 초라하리라는 데에 생각이 미쳤다. 어머니가 잘 차려 입고 나오라고 당부를 했지만 옷이 마땅찮아 그냥 청바지 위에 코트를 걸치고 나온 참이었다. 봄에 입기에는 두터운 모직 코트에 손질한 지 오래되어 부스스한 머리를 핀으로 묶고 모서리 군데군데 가죽이 닳은 숄더백을 멘 모습이었다. K도 결혼식장 하객의 차림새는 아니었다. 밝은색 진 바지 위에 면 재킷을 받쳐 입고 스니커즈를 신고 있었다. 그러나 그 모습에서는 세련된 취향과 여유가 풍겨났고 무채

색의 정장으로 가득 찬 공간 속에서 오히려 산뜻한 느낌을 주었다.

그들은 먼저 웃음이 담긴 눈빛을 교환했다. 오랜만이다. 그래. 짐짓 밝은 목소리로 그녀가 물었다. 여기는 어떻게 왔어? 부모님 땜에? 응, 엄마가 태워달래서 모시고 왔어. 아버지 낚시 가셨다고. K는 자신의 말투가 뜻밖에도 스스럼없이 자연스럽게 흘러나오는 걸 느꼈다. 넌? 나도 엄마 만나러. 그녀는 머쓱한 웃음을 짓더니 말을 이었다. 실은 김치 받으러 왔어. 아직 김치를 못 담가서 엄마한테 얻어먹어. K의 눈길이 한쪽 뺨에만 팬 그녀의 볼우물에 가닿았다. 어색한 동작으로 코트 주머니에 두 손을 집어넣으며 그녀가 덧붙였다. 참, 나 결혼했어. 그래? 응, 넌 안 했지? 그래 보이는데. 응, 안 했어. 근데 너, 나 태워줄 수 있어? 갑작스러운 그녀의 말에 K는 잠시 멍한 표정이었지만 이내 선선히 고개를 끄덕였다. 어디를? 집에. 김치 냄새 때문에 버스 타기 좀 그랬는데, 네가 차 있다니까. 그래, 타. 좀 먼데 괜찮아? 괜찮아. 너 운전 잘해? 잘해. 그럼 김치 갖고 올게 기다려. K는 반사적으로 또 한 번 고개를 끄덕였다.

그녀의 뒷모습이 사람들 무리에 섞이는 걸 바라보는 K의 머릿속에 그녀가 돌아오지 않을지도 모른다는 생각이 잠깐 스쳐갔다. 전화번호부터 받아 적지 않은 게 후회가 되었다. 그러나 다음 순간 고개를 흔들었다. 행운을 의심하고 또 경계하는 자신의 오랜 습관에 대해 그는 누구보다 잘 알았다. 그는 주머니에서 전화기를 꺼냈다. 어머니에게 급한 일이 생겨 기다리지 못하고 간다는 문자를 보낸 다음 전원을 껐다. 지하 주차장에서 기다리겠다는 K를 굳이 식장까지 데려다 달라며 끌고 올라왔던 어머니는 그의 냉정함에 비난을 퍼붓겠지만 상관없었다. 어머니를 집으로 데려갈 택시는 얼마든지 있었다.

그는 창턱에 몸을 기댔다. 커다란 창으로 봄날 오후의 햇살이 비쳐 들어 유난히 환한 자리였다. 등에 닿는 감촉도 따뜻했다. 아침마다 그녀의 집에 들러 함께 학교에 다니던 시절이 있었다. 학년이 높아지면서 사이가 서먹해지기 전이었다. K가 이름을 부르면 골목으로 난 창문을 열고 기다려,라고 말하던 그때도 그녀의 억양은 야무지고 다정했다. 그때는 그들이 먼 훗날 우연히 만나는 사이가 되리라곤 상상하지 못했다. 얼마나 많은 시간이 흐른 것일까. 그때의 소년과 소녀가 상상했던 미래에서 얼마나 멀어져버린 것일까. 생각에 잠길 때의 버릇대로 K는 창밖으로 시선을 돌렸다. 연둣빛 새잎이 돋아난 가로수 가지가 흔들리는 걸 물끄러미 바라보았다. 흘러가버린 시간의 기다란 띠 어딘가의 매듭 부분에서 한 소년의 그림자가 잠깐 나타났다 사라졌다.

소년과 소녀

보자기에 싸인 플라스틱 통을 들고 다시 나타난 그녀를 옆자리에 태우고 K가 주차장을 나왔을 때는 짧은 봄날 해가 얼추 기운 시각이었다. 그녀가 사는 서울 외곽의 아파트 단지까지는 차가 없는 평일 낮 시간에도 한 시간쯤 걸리는 거리였다. 토요일이라서 정체가

심했다. 예식장이 밀집한 강남을 빠져나오는 데에만도 꽤 시간이 걸렸고 강변로에 진입한 뒤에도 체증이 풀릴 조짐은 그다지 보이지 않았다. 도로를 가득 메운 차들을 바라보던 그녀의 입에서 가벼운 한숨 소리가 새어나왔다. 저기, 한강 쪽으로 빠질 순 없어? K는 내비게이션에 눈길을 던지며 천천히 대답했다. 있어. 빠져? 응, 답답해서. K가 사이드미러를 확인하며 차선을 바꾸는 동안 그녀는 그의 옆얼굴을 묵묵히 바라보더니 한마디 덧붙였다. 맥주 한 캔만 마시자. 꺾었던 운전대를 똑바로 되돌린 뒤 K가 그녀를 흘끗 바라보았다. 너 술 잘 마셔? 잘 마셔. 넌? 별로. 그럴 줄 알았어. 왜? 원래 좀 착하잖아. 성당 복사로도 뽑히고. 그녀의 말에 K는 아무 대꾸도 하지 않았다. 한강공원 진입로를 알리는 팻말이 나타나자 그녀는 등받이에 깊숙이 몸을 묻었다. 꼬리를 물고 늘어서 있는 차량 행렬에서 벗어난 K의 차는 점점 강 쪽으로 가까워졌다.

한강공원에도 휴일을 즐기려는 사람들이 쏟아져 나와 있었다. 해가 기울고 바람이 많이 불어 어딘지 한풀 꺾인 풍경이었지만 아이들은 뛰어다니며 연을 날리거나 공놀이를 했고 여기저기에서 여자들이 깔깔거리며 사진을 찍었다. 운동하러 나온 사람도 많았고 군데군데 설치된 소형 텐트 안에서는 젊은 남자들이 입구를 열어젖힌 채 컴퓨터 게임을 하고 있었다. 편의점 앞의 파라솔은 모두 연인과 가족 들 차지였다. K와 그녀는 주차장과 멀리 떨어진 구석 자리에 비어 있는 벤치 한 개를 발견했다. 쓰레기통 옆이었고 강이 잘 보이지 않는 위치지만 상관없었다. K가 편의점에서 캔 맥주와 스낵을 사 들고 벤치로 돌아오니 그녀는 담배를 피우고 있었다. 그녀의 옆자리에 앉아 K는 말없이 캔 맥주 두 개를 차례로 땄다. K가 건네주는 캔을 한 손으로 받아 들며 그녀는 다른 손에 들고 있던 담배를 신발 앞부리로 비벼 껐다. 그녀가 K의 스니커즈를 가리켰다. 이거 새 신발이야? 아니, 왜? 너 맨날 새 신발만 신었잖아. 맨날은 아니었고. 맥주를 한 모금 마신 K는 이마를 살짝 찡그린 채 말을 이었다. 아무래도, 아버지가 가게를 하시니까. 맞아. 너희 집은 신발집, 너네 큰집은 목욕탕이었지. 기억력 좋네. 우리 어릴 때 여탕에서 가끔 만났잖아. 그걸 기억한다고? 유치원 때 아니었나. 그녀가 한쪽 볼에 보조개를 만들며 K의 얼굴을 빤히 바라보았다. 너 지금도 되게 순진하구나. 응, 점점 더 심해져. 썰렁한 농담도 똑같네. 아무튼, 어릴 때는 너 신발이랑 목욕탕이 공짜인 거 좀 부러웠어.

K는 큰어머니가 1년 내내 하루도 빠짐없이 카운터를 지키고 있던 목욕탕의 뿌연 간유리 출입문을 떠올렸다. 그 문을 밀고 들어서기까지 얼마나 많은 용기가 필요했는지 모른다. 그대로 집에 돌아가버리고 싶었지만 그랬다가는 어머니에게 야단을 맞고 도로 보내질 게 뻔했다. 목욕을 하기 싫어서가 아니었다. 문 열리는 소리에 돈 받을 준비를 했다가 공짜 손님인 걸 알고 실망할 큰어머니 보기가 민망해서였다. 물론 지나친 생각이라는 것도 알고 있었다. 큰아버지는 집안의 재산을 모두 물려받은 읍내 부자였고 동생들과 우애도 좋았다. 그런데도 수건을 건네주는 큰어머니의 표정이 명절이나 제삿날 만났을 때와 달리 쌀쌀맞게 느껴졌으므로 K는 고개를 푹 숙인 채 인사도 하는 둥 마는 둥 탈의실로 들어가버리곤 했다. 순진하다기보다 소심했고 또 고지식했다. 세상의 선의를 그다지

신뢰하지 않을 만큼 철이 들었는지도 몰랐다. 어린 K의 생각에 어른이 되는 것은 욕망과 거짓을 잘 다루게 되는 일이었다. 자신으로서는 어림없는 일이었다.

그녀는 담배를 많이 피우는 모양이었다. 얼마 안 가 숄더백을 열고 다시 담뱃갑을 꺼냈다. 함께 들어 있던 라이터가 바닥으로 굴러 떨어졌다. 그것을 줍던 K의 시선이 무심히 그녀의 낡은 구두를 스쳤다. 그녀는 무릎을 오무려 두 발을 벤치 안으로 밀어 넣으며 멋쩍은 듯 말했다. 난 신발을 잘 못 버려. 옷은 괜찮은데 신발은 쉽게 못 버리겠어. 왜? 몰라. 나를 너무 잘 기억하고 있는 것 같아서? 내 발 모양이 새겨져 있잖아. 웃지 마. 진짜야. 그녀는 담배에 불을 붙인 뒤 연기를 한 모금 내뱉었다. 여행 갈 때도 낡은 신발을 신어야 안심이 돼. 안심이 된다고? 응, 신발은 발하고 바닥이 닿는 접점이잖아. 난 그게 익숙해야만 낯선 곳을 밟을 수 있는 것 같아. 실내 슬리퍼도 꼭 챙겨 가. 숙소 도착하면 맨 먼저 슬리퍼부터 꺼내 신고 안으로 들어가거든. 낯선 바닥에 발이 직접 닿는 게 싫어서. K는 그녀를 물끄러미 바라보았다. 왠지 그녀는 진지했다. 완충장치 같은 거지. 우린 안전하게 사는 법만 배웠잖아. 벗어나면 겁먹게 돼 있어. 넌 안 그래? 그녀의 목소리에서 취기가 느껴졌다.

그녀는 발리에 갔던 때의 이야기를 들려주었다. 신혼여행이었다. 마지막 날 우붓 거리를 걸어다니다가 샌들 굽이 떨어져나갔다. 신발이 그것뿐이라서 새로 사야만 했다. 새 신발을 고른 뒤 계산을 하는 사이 가게 점원이 그녀의 낡은 샌들을 쓰레기통에 던져 넣는 게 보였다. 그녀는 질겁을 하고 그쪽으로 달려갔다. 굽조차 떨어져

나간 낡은 샌들을 포장해 달라고 말하자 점원과 남편 모두 안색이 변했다. 그렇잖아. 수많은 시간을 함께 보내고 온갖 곳을 돌아다녔는데 모르는 나라의 쓰레기 틈에서 굴러다니게 내버려둘 수가 없었어. 이상한 성격이네. K가 대꾸했다. 좀 그렇지? 신발가게 나오자마자 남편이 내 눈앞에서 그 신발을 내던져버리더라. 신혼여행에 헌 신발을 신고 오는 사람이 어딨냐고. 맞는 말 아닌가? K의 말에 그녀가 고개를 저었다. 남편이 김치통을 들고 갈 그녀를 예식장까지 태우고 오지 않은 것은 냉정하고 이기적인 데다가 처가 식구 만나기를 귀찮아하기 때문이라는 거였다. 머리는 좋은 사람이야. 그녀의 표정이 약간 부드러워졌다. 난 그런 데에 약하잖아. 너 영재 시험 보러 서울 갈 때 완전 멋져 보였지. 영재 시험이 아니라 지능검사야. 대꾸하는 K의 말투는 시큰둥했다. 그리고 갈 뻔했지 간 건 아니고. 어쨌든 아이큐는 높잖아. 그게 말야. K의 목소리는 어쩐지 차분해져 있었다. 미국에선 아이큐 70은 범죄를 저질러도 처벌을 안 해. 정신지체자를 처벌하면 헌법에 위배된다는 판례가 나와서. 근데 71은 처벌받거든. 아이큐란 그런 거야.

그녀가 불현듯 K를 똑바로 바라보며 물었다. 너, 내 아이큐 모르지? 모르지. 얼마일 것 같아? 글쎄, 140 넘었으면 너도 서울로 검사 받으러 갔을 테니까. 그럼, 139네 뭐. 아니, 146이야. 그녀가 재빨리 대꾸했다. 엄마가 선생님 찾아가서 낮춰 써달라고 했대. 아이큐 높으면 머리 믿고 공부 안 한다고. 몇 년 전에야 알았어. 110으로 써달라고 했대. 너무했지 않아? 어머니가 잘못하셨네. 근데 말야, 사실을 알았으면 뭐가 달라졌을까? 머리 나쁜 줄 알고 죽어라 공부했는데 지방대밖에 못 갔어. 단과대 수석이었지만. K가 웃는 걸 보고 그녀의 얼굴에도 미소가 떠올랐다. 나도 알아. 그딴 거 아무것도 아니지. 머리 나쁘면 어때. 그냥 살면 되는 거고. 근데 미치겠는 건, 남들이 나더러 머리가 좋다고 하는 거야. 그게 힘들었어. 들킬까 봐 불안했고. 남들을 속이는 기분이었거든. 실은 내가 속았으면서.

그녀의 시선은 다시 강 쪽을 향했다. 목소리는 담담했다. 넌 어때? 뭐가? 서른 살. 그녀는 K의 대답을 기다리지 않고 말을 이어갔다. 어릴 때는 서른 살이면 굉장히 늙은 줄 알았어. 이렇게 모르는 게 많고 가진 게 없을 줄은 몰랐지. 내 인생에 내가 할 수 있는 게 별로 없어. K는 허리를 곧게 펴고 먼 강물을 바라보았다. 그냥, 사람마다 다 정해진 자리가 있겠지. 우린 그 자리에 있는 거고. 누가 정했을까? 모르지. 그녀가 마른 입술을 살짝 깨물며 다시 K를 똑바로 바라보았다. 있잖아. 엄마가 아이큐를 안 속였다면 나도 그 버스에 탔을까? K는 캔 맥주를 더 사러 가야겠다고 생각했다. 그녀가 빈 캔을 들었다 놨다 하는 게 신경 쓰였다. 벤치에서 일어나 편의점을 향해 걸음을 옮기는 K의 옷깃 속으로 스미는 바람이 제법 싸늘했다.

소년과 소년

친구의 그림자가 골목 너머로 사라진 뒤 소년은 담벼락에 등을 기댔다. 홑겹 봄점퍼 속을 파고드는 바람이 싸늘했다. 밤하늘에 별이 유난히 많았다. 한참을 올려다보고 있으니 마치 강물이 흐르듯 별들이 줄기를 이루어 어딘가로 흘러가는 것처럼 보였다. 소년은 눈을 가늘게 뜨고 그 흐름을 눈으로 따라가보았다. 그렇게 어딘가로 떠나버릴 수 있다면, 그래서 내일 아침 서울 가는 버스를 타지 않을 수 있다면, 자신을 모르는 사람들 속에 섞여버릴 수 있다면. 물론 그런 바람은 이루어지지 않을 것이다. 집에 늦게 들어간다고 해서 내일이 그만큼 미뤄지는 것도 아니다. 아버지를 조금 오래 기다리게 만들 수 있을 뿐이었다.

소년은 열세 살이 아니었다. 열네 살이었다. 어른들의 말대로 오뉴월 하루 볕에도 성장이 달라지는 시기였다. 열세 살용 문제지를 풀어서 받은 아이큐 146은 당연히 진실이 아닐 것이다. 병치레가 심해 곧 죽을지도 모른다며 소년의 출생 신고를 1년 늦게 한 장본인인 만큼 아버지가 누구보다 그 사실을 잘 알고 있었다. 그러나 아버지는 거기에 대해 한마디도 하지 않았다. 사실을 밝히기는커녕 큰 이익이라도 봤다는 듯 만족하는 눈치였다. 걸핏하면 소년의 영특함을 자랑하기까지 하는 아버지가 비겁하다고 소년은 생각했다. 아버지의 거짓과 부당한 욕망은 소년에게 과대평가된 그 존재가 되도록 강요하고 있었다. 원치 않는 비밀을 갖게 된 데 더해 그 비밀을 혼자 감당해야 하는 소년은 불안하고 두려웠다. 주변에서 칭찬을 들을 때마다 자신을 가두고 있는 비밀의 벽이 한 겹씩 더 견고해지는 느낌이었다. 진실을 털어놓지 못한 채 그 벽 안에 움츠려 있는 자신이 거짓과 공범이라는 생각까지 들기 시작했다. 복사

노릇을 하기 싫어진 데는 그 이유도 있었다. 머리 좋은 아이로 오해받는 걸 넘어서 착한 아이로까지 보이는 건 거짓의 동심원이 만들어낸 또 다른 거짓의 파장이었다.

소년의 생각에 머리 좋고 착한 아이가 있다면 그것은 단짝인 키 작은 소년이었다. 그는 진짜였다. 그는 한번 들은 것은 잊어버리는 법이 없었다. 수업 시간에 집중하는 것 같지 않은데도 선생의 질문을 단번에 알아들었고 정답을 말한 뒤에는 아무도 생각지 못한 새로운 의문을 제기했다. 소년이 책을 읽어 알게 된 것을 그는 스스로 생각해서 유추해내곤 했다. 노력해서 10등 안에 드는 자신과는 다른 차원의 타고난 1등이었다. 유쾌하고 당당한 성품이었고 꺼림칙한 비밀 같은 것도 없었다. 소년은 그와 단짝이 됨으로써 자신이 쉽게 같은 부류로 분류된다는 기만의 관습에 대해서도 알고 있었다. 자신은 밝은 조명 옆에 생겨나기 마련인 어둠 속에 몸을 숨기고 있는 꼬마전구였다. 조명이 꺼졌을 때 대용품은 될 수 있을지 몰라도 세상을 밝히지는 못하는 존재였다.

소년이 친구에게 비밀을 털어놓은 것은 서울로 가는 버스 안에서였다. 작은 소년은 그다지 놀라지 않았다. 근데 나하고 발이 똑같았단 말야? 버스 바닥에 벗어놓은 소년의 신발을 흘끗 내려다보며 그렇게 말했다. 작은 소년은 자기 신발을 벗더니 친구의 신발에 발을 집어넣었다. 그러고는 덧붙였다. 한 살 많아봤자 별거 아니잖아. 지도교사가 손짓하는 걸 보고 자리에서 일어나던 그는 잠깐 도로 엉덩이를 붙인 다음 제 어깨로 소년의 어깨를 가볍게 건드렸다. 이것 봐. 앉은키는 내가 더 커. 그런 다음 몸을 일으켜 지도교사의 자리를 향해 가기 시작했다. 소년은 고개를 통로 쪽으로 기울인 채 친구의 뒷모습을 바라보고 있었다. 흔들리는 버스 안에서 비틀비틀 걸음을 옮길 때마다 단단히 바닥을 딛고 버티는 자신의 신발을 바라보는 것이었다.

봄밤

K는 도심으로 돌아오는 강변로를 달리고 있었다. 차량의 불빛들이 꼬리에 꼬리를 물고 끊임없이 흘러갔다. 그녀의 집을 향해 출발했던 때보다는 덜했지만 밤이 늦도록 여전히 사람들은 어디론가 오갔다. 그녀가 사는 고층 아파트 단지는 좁은 간격으로 난 창문마다 거의 불이 밝혀져 있었다. 아파트 동 입구에 차를 세웠을 때 그녀는 조수석 등받이에 그대로 몸을 묻은 채 말했다. 조금 더 들어가서 놀이터에 세워줘. 남편이 베란다에서 볼 수도 있으니까. 놀이터 앞에 차를 세웠지만 이번에도 그녀는 고개를 저었다. 저기 앞 동 주차장에서 내리는 게 낫겠어. 그러나 주차장에 도착해서는 다시 입구로 되돌아가서 내려달라고 말했다. 내가 취하면 좀 왔다 갔다 해. 이 아파트 사는 건 맞아? K의 말에 그녀가 피식 웃었다. 그럼. 어떻게 마련한 집인데. K는 그녀가 취하지 않았다는 걸 알고 있었다. 강변의 구석진 벤치에서 계속 캔 맥주를 비울 때의 모습은 이미 아니었다.

어둠이 깔리면서 강 주변은 쌀쌀해졌고 사람들이 모두 사라진

탓인지 분위기가 스산했다. 무릎 위에 벗어놓았던 코트를 걸치기 위해 벤치에서 일어나는 그녀의 몸이 약간 흔들렸다. 난 말야. 어릴 때 나를 아는 사람은 만나기 싫어. 다들 어릴 때 모습하고 다르다고 하거든. 뭐가 될 줄 알았더니 겨우 이런 어른이 됐냐 그거지. 나도 알아. 그녀는 고개를 약간 끄덕거리며 말을 이었다. 일단 난 어른도 못 된 것 같아. 어른이라면 내 발자국이 찍힌 곳만 딛고 살 수 없다는 거 정도는 알아야지. 안 그래? 넌 어른이 뭐라고 생각했어? K는 대답 대신 캔 맥주를 한 모금 마셨다. 어른이 되는 건 아버지처럼 되는 일이라고 생각했던 시절이 있었다. 감당하기 어려웠던 거짓의 세계와 그 정도의 거짓은 아무것도 아니게 되는 어른의 세계 사이에서 혼란에 빠졌었다. 열네 살 소년이 당도한 곳은 더 이상 그때까지 학습해온 선명하고 체계적인 낮의 세계가 아니었다. 기도는 무력하거나 가식적이었고 진실은 중요하지 않았다.

그녀의 뒷모습이 아파트 현관 안으로 사라지는 걸 확인한 뒤 K는 차를 출발시켰다. 혼자가 되자 기다렸다는 듯 취기가 몰려왔다. 아파트 단지 앞의 정지신호를 그냥 지나치고 나서 그는 자신이 서두르고 있다는 걸 깨달았다. 사실 서두르는 게 아니었다. 그녀와 처음 마주친 순간부터의 시간이 차례차례 머릿속을 스쳐가고 있었다. 그는 마치 녹화된 필름이 재생되는 듯한 그 영상에서 눈을 뗄 수가 없었다.

자전거를 타거나 운전을 하면서 수없이 강변을 지나쳤지만 그날처럼 불빛이 아름답다고 생각한 적은 없었다. 단 한 번 우연히 마주쳤고 또 다시는 만나지 않을 두 사람이 나란히 앉아 바라보는 짧은 봄밤의 강변 풍경. 고층 빌딩과 가로등의 불빛에 둘러싸여 검은 강물은 계속 흔들리는 것처럼 보였고 그 위로 시간이 조심스레 흐르고 있었다. 그녀의 목소리도 먼 곳에서 들려오는 것 같았다. 불빛이란 게 이렇게 요란한 줄 몰랐네. 축제 같다. 근데, 남의 축제. 내 건 아니고. 남의 축제에 왜 왔는데? K가 불쑥 끼어들었다. 몰랐지. 내가 주인공이 아니라는 걸. 그녀가 다시 어린 시절 이야기를 꺼냈다. 그때는 모든 게 다 진짜였는데. 그건 다 어디로 갔을까.

너 그 시 알아? 명절 때 신으라고 아버지가 아이한테 신발을 사줬는데, 개울물에서 장난하고 놀다가 그만 떠내려가버린 거야. 다른 신발을 사다 줬지만 아이는 어디까지나 대용품이라고 생각해. 나는 대용품을 신고 명절을 맞이해야 했습니다, 그리고 어른이 돼서도 대용품을 사서 신는 습관을 고치지 못했습니다, 그러는 시야. 진짜, 그 신발은 어디로 갔을까. 맥주를 연거푸 마시며 그녀가 말을 이어갔다. 나 또 왜 지금 이런 게 생각나지? 마가린 이즈 어 굿 섭스티튜트 포 버터Margarine is a good substitute for butter. 섭스티튜트, 대용품, 교체선수. 나 영문과 나왔잖아.

그때 K가 빨리 대꾸를 하지 못한 것은 머릿속에서 그녀의 마음에 들 만한 문구를 만들고 있었기 때문이었다. 그는 두 개의 문장 사이에서 망설였었다. '인생은 대용품들의 축제야'와 '나는 나라는 사람의 가장 오래된 대용품이지'였다. 그리고 그녀가 그걸 어떻게 알았는지 물으면 대답할 말도 준비해놓았었다. 어른이니까 알 수 있는 거지. 근데 넌 아니야. 착하고 머리 좋은 아이들은 어른이 되지 못하거든. 만약 그렇게 말했다면 그녀는 그의 아이큐가 높은 데에 이유가 있었다며 칭찬해주었을지도 몰랐다.

K의 눈앞에 표지판이 나타났다. 몇 시간 전 그녀가 조수석에 앉아 바라보던 한강공원 진입로였다. 그는 카 오디오의 버튼을 누른 뒤 차창을 약간 내렸다. 강한 비트의 음악이 바람 소리를 가르며 터져 나왔다. 그가 정말로 그녀에게 하고 싶었던 건 그런 말이 아니었다. 그는 말하고 싶었다. 잘못 어른이 돼버린 사람에게도 아주 가끔 어린 시절의 짧은 꿈과 해후하는 순간이 있다고. 그것은 생의 찬란한 진품을 되찾는 순간이며, 그때 밤하늘에 폭죽이 터지고 불꽃의 그림자가 강물에 어리면서 진짜 축제가 시작되는 거라고. 차는 강을 향해 속력을 높여갔다. 가속기의 페달을 밟는 K의 얼굴로 바람이 몰려들었다. 간간이 눈을 덮으며 날리는 머리카락 사이로 그는 강 건너를 흘끗 바라보았다. 알 수 없는 혼란과 슬픔으로 그의 심장은 터질 것 같았다. 마치 자신의 축제에 초대받지 못한 느낌이었다. 나 대신 누가 그 축제에 갔을까. 나는 왜 강 이쪽에 서서 나를 위한 축제의 불꽃놀이를 혼자 구경하고 있는 걸까. K는 충혈된 눈으로 불빛이 정연한 강변도로를 노려보았다. 그러는 동안에도 그의 차는 언제나처럼 앞차와 일정한 간격을 유지하고 있었다.

편혜영은 1972년 서울에서 태어났다. 2000년『서울신문』신춘문예로 등단했다. 소설집『아오이가든』『사육장 쪽으로』『저녁의 구애』『밤이 지나간다』, 장편소설『재와 빨강』『서쪽 숲에 갔다』 등을 펴냈다. 한국일보문학상, 이효석문학상, 오늘의 젊은 예술가상, 동인문학상, 이상문학상 등을 수상했다.

앨리스 옆집에 살았다

누군가 있다. 거실 쪽 불이 켜진 걸 보면 알 수 있었다. 옆집에 불이 켜진 것은 근 6개월 만이었다. 유신의 생일 즈음, 이전에 살던 가족이 이사를 갔다. 옆집의 이사를 두고 유신은 하늘이 준 선물이라고 했다. 선물 치고는 유예기간이 길었다. 당장 고요해진 것은 아니였다. 3주에 걸쳐 인테리어 공사가 있었다. 공사가 끝난 후 불이 켜진 건 처음이었다.

문을 열어준 유신은 셔츠 차림이었다. 아직 근무 중이라는 뜻이었다.

옆집 거 줘.

기연이 현관에 선 채 말했다. 무슨 말인지 유신은 곧 알아들었다. 베란다로 가서 흰 꽃이 주렁주렁 열린 양란 화분을 안고 왔다. 커다랗고 무거운 화분이었다. 꽃대가 꺾이지 않게 조심하면서 화분을 기연에게 넘겼다.

인기척을 못 느꼈지만 기연에게 말하지 않았다. 유신이 사무실로 쓰는 방은 복도로 창이 나 있었다. 엘리베이터를 가운데 두고 오른쪽에 1호부터 3호까지, 왼쪽에 유신의 집인 4호와 옆집 5호가 있었다. 현관문 왼편이 유신의 방, 그 옆이 5호이므로 창에 비치는 그림자는 대개 옆집을 방문하는 사람의 것이었다. 순찰 삼아 한두 차례 복도를 오가는 경비이기도 했고 광고지를 부착하러 다니는 사람이기도 했다.

소리를 듣지 못했을 수도 있었다. 방에 있을 때면 유신은 자주 음악을 틀어놓았다. 올드팝 백선을 번갈아 들었다. 퇴사를 결심하면서 지하철 행상에게 충동적으로 구매한 것이었다. 누가 선정한 것인지 듣기에 괜찮았다. 어떤 노래는 썩 좋았다. 오래된 노래들이어서 그런지 제목과 가수를 모르는데도 듣다 보면 아는 노래처럼 들린다는 게 신기했다. 노래를 따라 흥얼거리는 유신에게 기연이 제목을 물어볼 때가 있었다. 유신이 앨범 재킷을 보고서야 더듬더듬 제목을 알려주면 기연은 곧 흥미 없다는 표정을 지었다. 「러브 오브 더 커먼 피플」이나 「리빙 넥스트 도어 투 앨리스」 같은 노래가 그랬다.

기연이 현관에 세워 둔 우산에서 빗물이 떨어졌다. 굵은 빗줄기는 아파트 복도까지 들이쳤다. 장마철이 멀었는데도 며칠째 비가 계속됐다. 날이 궂을 때마다 복도는 속수무책이었다. 폭우 때문에 복도 곳곳에 작은 물웅덩이가 생겼다. 복도 표면은 겉으로는 매끄러워 보여도 실은 울퉁불퉁했다.

기연은 비를 피해 현관 앞에 바짝 붙어 서서 초인종을 누르고 있었다. 안에 누군가 있다면 기척이 들릴 시간이 지났다. 기연이 비 맞은 화분을 안고 돌아왔다. 기어이 꽃 한 송이가 거실 바닥에 떨어졌다. 유신은 그것을 집어 쓰레기통에 넣었다.

기연이 화분을 들여놓은 것은 한 달도 더 전의 일이었다. 옆집 현관문 앞에 며칠째 커다란 꽃뭉치가 놓여 있는 걸 지나치지 않았다. 배달 온 사람은 화분 같은 걸 경비실에서 받아줄 리 없으니 곧 누군가 올 것이라 생각해 현관 앞에 두고 간 것이리라. 여러 겹의 비닐로 감싼 양란 화분에 W웨딩 컨설팅이라고 씌어진 리본이 달려 있었다. 화분 주인은 컨설팅을 받아 결혼식을 치르고 신혼여행을 떠난 것 같았다. 꽃배달은 그들이 여행을 마치고 곧 돌아올 것이라는 뜻이었다.

화분을 전해주면서 인사를 트면 좋잖아. 인테리어도 구경하고.

그걸 뭣하러 가져오느냐고 묻는 유신에게 기연이 대꾸했다.

인테리어?

당신은 안 궁금해?

유신은 잠자코 있었다. 그도 궁금한 게 틀림없다고 기연은 생각했다. 무엇보다 본인이 설치한 지문인식 도어록이 잘 작동되는지 알고 싶을 것이었다.

옆집은 아직 비워져 있었다. 여태 신혼여행 중인 걸까. 도대체 여행을 어디로 얼마나 길게 간 것일까. 한 달 넘게 갈 만한 여행지로 유럽의 몇몇 나라가 떠올랐다. 대부분 가보지 못한 나라였다.

집 안 어디에서나 보이는 화분 때문은 기연은 처음에는 자주, 나중에는 종종 대략 한 달 넘게 신혼여행을 갈 수 있는 사람에 대해 생각했다. 그들의 모든 것에 대해서. 아마도 삶을 겹겹이 짓누른 것에서 자유로울 그들에 대해서, 사람들의 호의를 얻는 데 별 어려움이 없는 외모나 누군가를 배려하고 보호하느라 자기 자신을 소모하고 탕진할 필요가 없어 형성된 느긋한 성격이나 일류 대학을 졸업하고 머지 않아 어느 분야에서 빛을 볼 그들의 친구나 자기만족을 위해 남을 돕고 베푸는 허영 같은 것에 대해서. 한마디로 그들의 재력에 대해서 생각했다.

처음에는 자신들과 달라 보이는 삶이 궁금했다. 그런 삶이 있다는 걸 상상하면 기연은 잠시 붕 뜬 기분으로 있을 수 있었다. 시간이 갈수록 흥미가 걷히면서 또 다른 무엇인가가 자리잡았다. 어떤 상상으로 들떴건 반감을 억누르지 못했다. 유신에게도 그것을 털어놓지 않았다. 이런 말을 하면 어떻게 보일까 따위는 염두에 두지 않았지만 유신이 선뜻 제 생각에 동의하는 것도 내키지 않았다.

기연과 유신은 6년 전 동남아시아의 한 섬으로 여행을 다녀왔다. 그들이 다녀온 직후 그 나라에 한인 납치 사건과 외국인 관광객 피랍 사건이 다수 발생했다. 몇 년 전에는 거대한 쓰나미가 덮쳤다. 이제는 누구도 그곳으로 여행을, 더구나 신혼여행을 가는 것 같지 않았다.

기연에게 간혹 신혼여행지를 물어보는 사람이 있었다. 조만간 결혼할 예정인 사람들이었다. 주변에 그런 사람이 많지 않았지만 그 질문을 받을 때면 기연은 자신이 다녀온 곳을 결코 말하지 않았다. 유럽의 어떤 나라를 말할 때도 있고 태평양의 섬을 말할 때도 있었다. 거짓말이었기 때문에 잘 기억할 수 없어서 말할 때마다 달라졌다. 다른 사람의 신혼여행지를 기억할 정도로 쓸데없이 기억력이 좋은 사람은 없었다.

화분을 들고 갔다 허탕을 친 후로 옆집에는 날마다 불이 켜졌다. 거실 쪽이었다. 복도로 난 두 개의 방에 불이 켜지는 일은 없었다. 기연은 두어 번 더 다녀오고서야 그 집이 텅 빈 채 불을 밝히고 있다는 것을 알아차렸다. 경사로에 서서 거실과 베란다를 올려다보면 알 수 있었다. 불빛에 생활의 흔적이랄 게 묻어 있지 않았다. 건조대에 빨래가 걸린 적이 없었다. 햇빛의 양을 조절하기 위해 블라인드 위치를 바꿔놓는 일도 없었다. 아마도 옆집엔 외부에서 조작할 수 있는 전원 시스템이 설치된 모양이었다. 그들은 집이 빈 채로 있는 것을 들키고 싶어 하지 않았다.

이제껏 이웃해 살던 사람들과는 그런 걸 주의할 필요가 없었다. 성가실 일이 없었다. 인생을 사는 동안 그들에게 무슨 일이 있었는지, 어디서 자랐고 어떤 교육을 받았는지, 다 짐작할 수 있을 것처럼 사는 모양이 비슷했다.

얼마 전 이사 간 이웃은 딸이 셋이었다. 자신들과 비슷한 또래로 보이는데 자식이 셋이나 된다는 것이 놀라웠다. 그들 역시 기연과 유신이 그 나이 먹도록 아이 하나 없다는 것에 놀라는 눈치였다. 세 아이들은 지나치게 활달했다. 늘 복도에서 놀았다. 자전거를 타고 스카이콩콩을 뛰고 줄넘기를 넘고 인라인스케이트를 탔다. 발을 굴렀고 소리를 질렀고 크게 웃었고 넘어져 울고 간혹 하나뿐인 놀이 기구를 서로 차지하겠다고 싸웠다. 부모가 묵인했을 게 분명한 아이들의 도를 넘는 행동 때문에 유신과 기연은 조용한 휴일을 기대할 수 없었다. 그들이 이사 갔을 때 진심으로 기뻤다.

새로운 이웃에 대한 호감은 그 때문에 생겨났다. 그들에 대해 아는 건 많지 않았다. 신혼부부라는 것, 당연히 아이는 아직 없으리라는 것. 곧 생길지도 모르지만 복도에서 뛰어놀 만큼 자라려면 오래 걸릴 것이다.

큰돈을 들여 아파트 내부를 완전히 바꾸었다는 것도 알았다. 옆집 인테리어 공사를 담당한 디자인 회사의 소장이 해준 얘기였다. 공사가 시작되기 직전 소장이 동의서를 들고 찾아왔다. 인테리어 업체에서 아파트 규정상 필요한 주민 동의를 받고 있었다.

이런 집을 3주나 고쳐서 뭐한대요?

유신이 서명을 하며 투덜댔다. 소장이 그걸 모르겠느냐는 표정을 지었다.

이런 집이니까 당연히 하셔야죠.

저흰 안 하고도 잘 사는데요.

소장이 슬쩍 웃었다. 유신도 넉살 좋게 마주 웃었다. 집에 기연이 돌아오자마자 소장을 흉보는 걸로 기분을 풀었다.

집이 어두운 게 형광등 탓이 아니래. 몰딩이며 전등갓이며 다 바꿔야 한다는 거야. 돈을 들여서 말이야. 소장이 몰딩에다 손가락질을 했어. 요새 저런 체리색 몰딩이 어딨느냐고. 제길, 그럴 바에야 이사를 가지.

기연에게는 멱살이라도 잡은 것처럼 말했지만, 실상 유신은 소장의 얘기를 꾹 참고 들으며 곧 제 집도 고쳐야겠다고 운을 뗐다.

소장이 전혀 흥미로운 기색을 보이지 않자 유신이 먼저 명함을 달라고 했다. 소장이 내민 명함을 받고 제 명함도 건네주었다. 흰 바탕에 금색 테두리로 열쇠가 그려진 명함이었다. 명함에 적힌 주소지에는 아파트 이름과 호수를 적지 않았다. 그러면 사무실도 없는 대리점이라는 게 금세 들통날 테니까.

소장이 흔쾌한 표정으로 명함을 받았다. 인테리어 하는 집은 열쇠도 다 바꾸죠. 주선해줄 곳이 많다는 듯 그렇게 말했다. 공사 기간 내내 유신은 소음과 분진을 참았다. 복도에서 오며 가며 소장을 만날 때는 눈인사를 했고 겨울답지 않게 포근한 날씨 얘기 같은 것을 나눴다.

드릴 소리나 망치 소리를 참지 못하겠으면 지하실로 내려갔다. 지하 1층 주차장 한쪽에는 입주민에게 임대하는 50여 평 규모의 창고가 있었다. 매매와 매입 시기가 맞지 않는 이삿짐을 보관하기도 했고 여러 가지 이유로 집 안에서 자리만 차지하고 있던 가구나 헬스 기구 같은 것을 넣어두기도 했다. 얼마 전까지 사용했거나 곧 사용할 물건들인데 커다란 비닐이나 천으로 덮어두니 버려진 물건들처럼 보였다.

창고 가장 안쪽에 유신의 물건이 있었다. 유신의 물건들 역시 아직 사용하지 않은 신제품인데도 구식이거나 고물처럼 보였다. 지하실이니만큼 물품 보관에 신경을 써야 했다. 파티션으로 구획을 나누고 철제 선반을 들여놓고 제습기를 설치했다. 선반을 꽉 채운 물품을 보고 있으면 속이 들끓었다. 보관 문제 때문에 필요시 수급받는 방식을 원했지만 최소 구입 물량이 정해진 대리점 개설 요건에 맞지 않아 거부당했다.

제습기를 켜두고 디지털 도어록이 담긴 상자의 수를 천천히 세노라면 텅 빈 지하실의 고요가 유신에게 스며들었다. 쓸데없는 소음과 어쩔 수 없이 선택한 공동체와 삶에서 벗어나는 기분이었다.

유신의 동료와 선배 몇 명이 대리점 일을 하고 있거나 하려고 했다. 유신은 그들을 좋아했다. 자신과 마찬가지로 안정적인 집단에서 밀려났으며 더 많은 삶의 짐을 떠안게 된 사람들이었다. 회사에서는 퇴직자에게 인하된 가격으로 상품을 공급해주었다. 퇴직자들은 회사에 대한 여전한 소속감과 저렴한 공급가를 포기하지 않았다.

한 달간 대리점 개설과 관련한 교육을 받았다. 유신은 입사 때부터 줄곧 기획전략팀에 재직했고, 그동안 제품을 만져볼 일은 거의 없었다. 퇴사 후에야 도어록을 해체하고 조합하고 설치하는 연습을 반복하면서 도어록의 단단한 물성을 깨달았다.

주문은 전화나 인터넷으로 받았다. 직접 도어록을 설치해줄 때도 있고 배송만 해줄 때도 있었다. 지역 신문과 무가지에 광고를 내고 인터넷 배너나 스티커 부착 방식의 광고도 했지만 일은 근근이 이어졌다. 그래도 여기저기 스티커 형태로 붙여둔 광고 덕에 전화는 시도 때도 없이 울렸다. 간혹 주문전화였다. 대개는 잠긴 문을 열어달라는 전화였다. 배터리가 방전된 경우도 있었고 결로 현상으로 문이 잠긴 경우도 있었다.

기분이 좋을 때면 유신은 시키는 대로 해보라고 상대에게 지시했다. 일단 문 손잡이를 꼭 잡으세요. 세번째 손가락을 드세요. 그 손가락으로 위쪽 빨간 버튼을 누르세요. 절대 손을 떼지 말고요. 전화를 건 사람이 영문을 모르고 낑낑거리면 유신은 이제 다른 식구 올 때까지 기다리세요, 하고는 전화를 끊어버렸다. 대부분은 그저 간단히 거절하는 게 다였다.

유신이 주력한 것은 지문인식 도어록이었다. 이유는 간단했다. 보안이 강화된 홍채인식 도어록이 출시된 직후이기 때문이었다. 유신은 그것을 지문인식 도어록이 보편화될 시점이라는 의미로 받아들였다. 첨단은 경이와 공포를 동시에 불러일으키기 마련이었다. 공력과 기술력을 인정받아도 상업적으로 성공하기 힘들었다. 시장에서 유통되는 것은 최신 기술 직전 단계가 반영된 상품이었다.

시티폰을 생각해봐.

기연이 유신을 만류하기 위해 휴대전화가 본격적으로 생산되기 이전을 상기시켰다.

그거랑 완전히 다르지.

유신은 무엇이 다른지는 얘기하지 않았다. 기연은 몇 가지 예를 들며 더 반박할 수 있었다. 스캐너를 이용해 휴대전화의 지문인식 보안이 뚫린 한 회사를 알고 있었다. 그런 얘기도 하지 않았다. 유신은 내심 이번이 마지막이라고 생각하는지도 몰랐다. 아닌 줄 알지만 그렇게 믿고 싶을 때가 있는 법이니까. 무엇보다 유신은 직장을 잃으면서 상처를 받았고 그것을 극복하기까지 시간이 걸렸다. 실제로 그걸 극복했는지 모를 일이었다.

만약 유신이 느닷없이 문자나 메일로 해고 통보를 받느니 기회가 있을 때 퇴직을 신청하는 게 낫다고 했다면 안쓰럽기도 했을 것이다. 지금은 아니었다. 유신에겐 왜 항상 칭찬이 필요한지, 용감한 결단과 소심한 우유부단함이 언제나 공존하는지 하는 것들을 생각하다 보면 기분이 상했다.

비밀번호는 이제 끝났어. 여기저기 등록된 비밀번호가 어지간히 많아야지. 그걸 어떻게 다 외워. 게다가 노출되면 끝이잖아. 그러면 뭐가 남겠어? 지문밖에 없지.

유신이 검지를 치켜들어 기연 가까이 내밀었다. 하도 가까이 들이밀어 얇은 곡선을 그리며 소용돌이치는 지문 같은 건 보이지도 않았다. 손가락을 치켜든 유신이 노래를 흥얼거렸다. 기연이 물어보면 확인한 후에야 제목을 대답할 수 있는 노래를. 손가락 때문에 불쑥 다가온 유신의 얼굴이 늙고 지쳐 보였다. 어떤 사람이든 그런 표정을 보면 미워할 수 없는 법이었다.

당신은 무섭지 않아? 언젠가 비밀번호를 죄다 까먹을지도 모르는데.

유신이 물었다. 실제로 유신에게는 그런 일이 있었다. 술을 많이 마신 후의 일이었다. 언제나 그러는 건 아니었다. 1년에 네댓 번 정도 다음 날 출근도 못 하고 앓아누웠다. 과음해서 돌아올 때면 유신은 비밀번호를 까먹곤 했다. 술을 최대한 많이 들이붓기 위해서 머릿속에 있는 것들을 죄다 내버리는 것 같았다. 문을 쾅쾅 두드렸다. 발로 찼다. 자다 깬 기연이 제집을 발로 차는 유신에게 문을 열어줬다. 대리점을 개설한 후에도 종종 그런 일이 있었다. 그 정도로 술을 마시는 날은 지문인식 도어록도 소용없었다. 손가락을 제대로 갖다 대지 못했다. 술이 깬 다음 날 유신은 전날의 기억을 떠올리지 못하는 걸 당연하게 여겼다. 동료들보다 때 이른 퇴직 결정을 내린 게 그 때문은 아닐까 하고 기연은 종종 생각했다. 체력 문제가 아니었다. 유신은 자주 흐트러졌고 제어하고 싶어 하지 않았다. 인사고과를 담당하는 사람들도 그렇게 생각할 게 틀림없었다.

이제 손가락만 있으면 되는 거야.

노동으로 지문이 닳은 사람의 얘기를 할 수도 있었다. 유신은 웃을 것이다. 지문인식 도어록이 얼마나 비싼지 말할 것이다. 유신은 평소 우울하고 우유부단하다가도 자신보다 처지가 나쁜 사람에 대해 말할 때면 낙관적이고 단호한 태도를 취했다.

사무실을 차리고 제일 먼저 집의 도어록을 바꿨다. 유신은 본래 전셋집이니까 못 하나도 박으면 안 된다고 주장하는 쪽이었다. 남의 집을 훼손해서가 아니라 남의 집에 못 하나라도 남겨두고 이사 가면 아깝기 때문에. 이제껏 그런 일에 안달한 게 기연인 것처럼 유신은 이사 갈 때 떼어갈 수 있다고 거듭 말했고 곧 그렇게 해야만 했다. 얼마 전 집주인에게서 재계약을 위한 인상액을 통보받았다. 4년 전 그들이 전세로 입주할 때에도 얼마간 대출이 필요했다. 2년 전 계약을 연장할 때도 마찬가지였다. 그 빚이 아직 남아 있었다. 살수록 빚이 느는데 아직까지 여기 살고 있는 게 몹시 의아했다.

경찰이 방문한 것은 기연이 화분을 들고 옆집을 방문한 며칠 후였다. 경비가 벨을 눌렀고, 제복을 입은 경찰 두 명이 그 뒤에 서 있었다. 양복을 입은 남자도 있었다. 기연은 처음 보는 사람이었다. 유신은 본 적 있었다. 옆집 부부 중 누군가의 아버지였다.

저 사람입니다.

양복을 입은 남자가 말했다.

경찰이 고개를 끄덕이고 유신에게 양해를 구했다.

시간은 많지만 도움 될 일은 없을걸요.

유신이 말했다. 그가 농담하는 방식이었다. 남자가 의심스러운 눈초리로 유신을 쏘아봤다. 유신이 마주 보자 시선을 돌려 유신 너머의 집 안을, 어수선하게 늘어놓아 가난해 보이는 살림과 멍한 표정으로 서 있는 기연을 바라보았다.

유신은 복도로 나갔다. 정리 안 된 집이 훤히 보여서 좋을 게 없었다. 그러지 않았으면 했는데 기연이 따라나섰다. 부스스한 머리와 화장기 없는 얼굴, 무릎이 툭 튀어나온 회색 트레이닝복이 거슬렸다. 전에는 그런 적이 없었다. 분명히 그랬다. 기연은 원체 소박하고 털털한 성격이었고 유신은 무엇보다 그 점을 좋아했다. 남자가 기연을 못마땅한 듯 쳐다봤다. 필시 제집 자식들과 기연을 견주고 있으리라.

옆집 공사가 끝나고 얼마 지나서 남자가 유신에게 전화를 걸어왔다. 정확히는 사무실로 건 것이었다. 주소를 받아보니 옆집이었다. 장담과 달리 인테리어 업체 소장이 소개한 것은 아니었다. 남자는 유신이 아파트 현관에 붙여둔 스티커를 보았다고 했다.

부부 중 한 사람을 만나게 되리라 생각했는데 아니었다. 유신이 묻자 그냥 아버지라고만 했다. 남자는 도어록 설치업자가 옆집 사람이라는 게 못마땅한 듯 정말 집이 거기냐고 여러 번 물었다.

AS도 간편하고 얼마나 좋습니까.

유신이 너스레를 떨었지만 남자는 표정을 바꾸지 않았다. 딱히 옆집인 게 싫어서가 아니라 대체로 아량 없는 표정밖에 지을 줄 모르는 것 같았다. 상대에게 상냥하거나 친절하게 굴 필요가 없는 사람, 상대에게 받을 도움이 전혀 없다는 걸 아는 사람 말이다. 남자는 체크무늬 셔츠를 바지 안에 넣어 입고 있었다. 단순한 차림이었는데 무척 부유해 보인다는 게 의아했다. 자수성가형보다는 타고난 부자 쪽에 가까워서 가진 것을 애써 과시할 필요가 없어 보였다.

남자는 유신이 낡은 디지털 키를 분리하는 동안 어디론가 계속 전화를 걸었다. 무엇인가를 지시하는 투로 말했고 그러는 틈틈이 유신이 제대로 하고 있는지 살폈다.

유신은 작업을 하면서 슬쩍 집 안을 들여다봤다. 내부는 유신의 집과 완전히 달랐다. 완벽하게 흰색으로 가득 차 있었다. 얼핏 보면 텅 빈 것처럼 보였다. 적당한 자리에 세련되고 흔하지 않은 디자인의 가구가 놓여 있는데도 그런 느낌이었다. 사용의 흔적이 전혀 없는 가구들은 표백된 물건처럼 깨끗했다. 집이라기보다는 가구 페어의 모델하우스 같았다.

전화를 끊은 남자가 얼마나 더 걸리느냐고 물었다. 꾸물거리는 부하 직원에게 업무에 차질이 생긴 것을 꾸짖는 말투였다. 비밀번호를 입력하라고 하자 노골적으로 유신의 시선을 차단하려 등을 돌렸다. 번호 입력 후에는 지문인식 방법을 테스트 삼아 보여주었다. 남자는 귀찮은 기색으로 유신의 설명을 들었다.

기연도 기억했다. 집에 돌아오자마자 유신이 그 얘기를 했다. 유신은 들떠 있었다. 오랜만에 지문인식 도어록을 설치해서가 아니었다. 그들과 처지가 전혀 다른 사람들이, 그들이 묶어놓은 전세금에 맞먹는 비용을 들여 인테리어를 하고, 아마도 성대한 결혼식을 치르고, 장기간의 신혼여행을 마치고 드디어 입주하리라는 사실 때문이었다.

그들은 이제껏 기연과 유신이 가까이에서 본 적 없는 유형의 사람들인지도 몰랐다. 인테리어 공사가 진행되고 그럴싸한 가구가 들어오는 동안 그들은 현장에 한 번도 얼굴을 비치지 않았고 도어록을 설치하는 일도 부모가 대신했다. 결혼 당시 유신은 모든 일을 스스로 했다. 기연도 마찬가지였다. 그들은 기진맥진하며 결혼식을 치렀다. 서로에 대한 확신이 부족하거나 애정이 덜해서가 아니었다. 돈을 아끼느라 시간과 체력을 허비한 탓이었다.

경찰은 옆집에서 침입의 흔적이 발견되었다고 했다. 현관의 미색 타일에 흐릿한 족적이 남아 있었다. 도난당한 물건은 없었다. 물건이라고 해봐야 죄다 덩치 큰 가구였다. 그걸 훔쳤다면 누구라도 목격했을 것이다. CCTV는 별 도움이 되지 않았다. 복도 쪽으로는 설치되어 있지 않았다.

경찰은 그런 족적이야 인테리어 업자나 가구 운송 기사들이 여러 차례 드나들었다는 걸 고려하면 충분히 가능하다고 했다. 남자는 수긍하지 않았다. 공사 후 전문 업체가 청소를 성실하게 끝마쳤다. 남자는 대뜸 유신을 떠올렸다. 이유는 간단했다. 유신은 청소가 끝나고 그 집에 다녀간 유일한 외부인이었다.

그럴 수 있어요.

유신이 대꾸했다. 남자는 자백이라도 받은 것처럼 의기양양한 표정을 지었다.

그렇게 생각하는 분들이 많아요. 저희야 도어록만 달아주는 건데 원격 조정을 한다고 생각하시니까요. 설치하면 다 열 수 있는 줄 아시나 봐요. 이거는요, 비밀번호로만 열리잖아요. 인식된 번호가 아니면 누구도 못 들어갑니다. 이게 얼마나 과학적인 기겐데, 설마 보안이 그렇게 허술하겠습니까?

유신이 능청스럽게 대꾸했다.

설치했으니까 비밀번호도 알아낼 수 있는 거 아니오?

남자가 쏘아붙였다.

에이, 제가 초능력이 있는 것도 아니고, 그걸 어떻게 압니까. 저기 상가에 금은방도 제가 열쇠를 달아줬습니다. 비밀번호를 안다면 차라리 금은방을 들락거리는 게 낫죠.

유신의 말에 경비가 피식 웃었다. 남자가 불쾌한 표정을 지었다. 경찰이 미안하다고 인사했다. 낯선 사람이 복도를 어슬렁거리면 주의해서 봐달라는 뻔한 당부의 말을 남기기도 했다.

일행이 인사를 하고 돌아가려는데 기연이 그들을 불러 세웠다.

이상하긴 하네요. 족적이요. 그거 중요한 증거잖아요. 옆집에 누가 들어왔다면 우리 집에도 들어올 수 있다는 건데 이대로 가시면 불안해서 안 되죠. 조사해주셔야죠.

유신이 깜짝 놀라서 기연을 쳐다봤다. 자기가 하루 종일 집에 있는데 누군가 침입할 수 있다고 생각하는 걸까.

글쎄 그 족적이라는 게 아무 무늬가 없대요. 신발 테두리만 살짝 찍혔다네요.

경비가 느릿한 말투로 대꾸했다. 비밀을 털어놓아 속 시원하다는 표정이었다. 그는 이어서 경찰에게 질문을 던졌다.

그런 것도 족적이라고 할 수 있대요? 뒤꿈치는 찍히지도 않은 거잖아요. 그건 뒤가 많이 닳아서 그런 거래요? 밑창에 그렇게 무늬 없는 신발도 있대요? 그런 거는 무슨 신발이래요? 미끄러워서 걷지를 못할 텐데요.

조사야 저희가 당연히 해야지요. 순찰 강화할 테니까 안심하시고요.

경찰이 기연에게 짤막하게 대답하고 엘리베이터 쪽으로 갔다. 기연이 저기요, 하고 그들을 불렀다. 경찰이 돌아봤다. 기연이 저 아저씨요, 하며 손가락으로 남자를 가리켰다. 남자가 다 잡은 범인을 놓친 표정으로 기연을 보았다.

저희가 화분을 받아 둔 게 있어요. 그 집 거예요. 문 앞에 놓고 갔더라고요. 웨딩 회사에서 보냈어요. 그냥 뒀으면 다 죽었을 거예요.

됐습니다. 버리세요.

그래도……

남자는 말없이 고개를 돌렸고 마침 도착한 엘리베이터에 올라탔다. 경비가 무안한 표정으로 힐끔 기연을 돌아보았다.

기연의 얼굴이 일그러졌다. 유신은 그녀가 자신이 오해를 산 일 때문에 화가 난 줄 알았다. 남자에게 화분을 가져가라고 한 것도 그래서 한 말이려니 생각했다. 기연은 그것에 대해서는 조금도 기분이 나쁘지 않았다. 열쇠쟁이—유신이 가장 싫어하는 말이었다— 에게 흔한 오해라고 여기는 듯했다.

그 집, 제일 비싼 지문인식 도어록 했다고 하지 않았어?

제일 비쌌나?

왜 비밀번호로만 열 수 있다고 했어?

그거야 저 남자가 비밀번호만 입력해서지.

상가 금은방에 도어록 달았어?

예를 들면 그렇다는 거지.

왜 거짓말을 했어?

예를 든 거라니까.

기연은 점점 화가 났다. 화분을 버리라는 남자에게 화가 난 건 줄 알았는데, 아니었다. 자신에게 이익이 될 만한 이야기만 하는 유신에게 화가 난 것도 아니었다. 스스로에게 화가 났다. 좀처럼 입주하지 않는 신혼부부를 기다리는 일에 흥미를 느끼는 자신에게, 그들이 왜 오지 않는지, 단란한 삶을 왜 시작하지 않는지, 행복하고 사랑에 가득 찬 완벽한 밤을 왜 이곳에서 보내지 않는지 궁금해하는 자신에게, 간혹은 신혼여행 중에 파경을 맞기도 한다는데 그들에게도 그런 일이 생겼다고 상상하는 자신에게, 파경을 맞아 아예 결혼식을 치르지 못했을 거라는 가정에 흡족해하는 자신에게 화가 났다.

자주 상상했다. 집을 사고 곳곳을 수리하고 단단하고 좋은 목재 가구를 들여놓았는데 그것이 아무짝에도 쓸모없어져버린 그 집의 사정을. 굳은 표정의 두 사람이 한 번도 사용한 적 없는 집과 제대로 물건을 담아본 적 없는 가구 같은 것으로 재산을 분할하는 모습도. 옆집을 두고 그런 생각을 하는 동안 이상한 희열이 기연을 감쌌다. 기분이 좋아졌고 평화로운 웃음이 나왔다. 물론 그러고 나면 심한 무력감에 시달려야 했다.

남자가 족적을 발견한 것은 최근의 일이리라. 아마도 그 때문에 거실 쪽에 불을 켜놓기 시작한 것 같았다. 특징적인 족적을 남긴 사내에게 경고를 보내고, 누군가 살고 있는 것처럼 보이려고.

오늘은 아니었다. 누군가 있었다. 경사로에 서서 거실 쪽을 올려다보는데 누군가 움직였다. 아래에서 올려다보기에 8층은 꽤나 높아서 자세히 보려면 점점 집에서 멀어져야 했다. 거리를 두고 봐도 확실히 그랬다. 누군가 베란다 쪽에 서 있었고, 움직였고, 거실 쪽으로 갔다.

드디어 여행이 끝났다. 그들은 돌아왔다. 호화로운 예식과 유난한 여행에서 평범한 일상으로. 짧은 기간 그들과 이웃으로 지낼 것이다. 이웃이라고 해도 엘리베이터에서 나누는 눈인사가 전부겠으나 그것으로 충분했다. 어떤 이웃이라도, 아무리 좋은 우정을 나눈다 해도, 형편과 사정에 따라 살다 보면 뿔뿔이 흩어지게 마련이었다.

유신은 집에 없었다. 사방에 불을 켜두고 어딜 간 걸까. 오랜만에 혼자 집에 남자 기연은 몹시 어색했다. 주인 없는 사무실에 머무는 것 같았다. 왜 그런 기분이 드나 했더니 거실 여기저기에 놓인 누런 상자 때문이었다. 도어록 제품 상자가 어찌나 많은지 거실이 더욱 좁게 느껴졌다.

지하에 가득 쟁여둔 것도 모자라 이걸 더 산 걸까. 그게 아니라면 이렇게나 많은 물량을 한꺼번에 납품할 곳이 생긴 걸까. 그건 아닌 것 같았다. 믿기지 않는 물량 때문에 불길해졌고 모든 것을 다소 비틀어 생각하기 시작했다.

유신을 의심한 것은 아니었다. 무엇보다 그는 호기심을 만족시키기 위해 그런 짓을 벌일 만큼 용감하지 않았다. 그런데도 기연은 불쑥 신발장 문을 열었다. 무엇이 그렇게 하게 했는지 알 수 없었다. 유신이 옆집 도어록을 두고 비밀번호로만 열 수 있다고 해서일까. 금은방 도어록을 설치했다고 거짓말을 해서일까. 하루 종일 제목도 모르는 올드팝을 듣고 가사도 모르면서 허밍으로 뭔가 따라 부르기 때문은 아닐까.

유신의 신발을 하나씩 꺼내보았다. 회사를 다닐 때 번갈아 신던 두 켤레의 구두, 밑창이 닳아 이제는 신지 않는 구두 한 켤레, 가벼이 외출할 때 신는 스니커즈, 색깔이 조금씩 다른 세 켤레의 아디다스 운동화. 그중 밑창에 무늬가 없는 신발 같은 건 없었다. 그런 게 있을 리 없지 않은가. 진실은 신발의 주인이 유신이라는 것이 아니라, 이런 의심 때문에 기연 스스로 한층 더 힘들어진다는 것이었다.

문을 닫으려다 기연은 그것을 보았다. 여러 개 포개진 깔창. 양쪽 발 사이즈가 다른 유신은, 오른쪽 신발에 깔창을 사용했다. 깔창 바닥은 몹시 더러웠다. 그저 구두에 사용한 것으로 보기에는 의심스러울 정도였다. 위아래에 두꺼운 테이프가 붙어 있다는 것도 걸렸다. 보통 신발에 사용할 때는 마스킹테이프를 부착하지 않았다. 쓰지 않는 왼쪽 깔창이 더러워진 것도 이상했다. 기연은 유신의 신발 바닥에 그것을 대보았다.

채 모양새를 확인하기 전에 유신이 쓱 문을 열고 들어섰다. 유신의 지문을 인식한 도어록이 어찌나 매끈하게 열리던지 소리도 들리지 않았다. 유신은 앞이 잘 보이지 않을 정도로 높이 쌓은 상자를 힘겹게 들고 와서는 거실에 놓인 다른 상자 위에 올려놓았다. 표정이 심상치 않았다. 왜 그래, 무슨 일이야. 기연이 조그맣게 물었다. 소리를 냈다고 생각했는데 그렇지 않은 모양이었다. 유신의 얼굴에는 변화가 없었다. 그는 말없이 소파에 주저앉아 있었다. 상자 때문에 앉을 데라고는 거기뿐이었다.

끝났어.

한참 만에 유신이 말했다.

이제 다 끝이야.

기연이 못 들었다고 생각했는지 다시 한 번 말했다. 끝이라는 명료한 발음 때문에 기연은 유신이 절망에 빠진 게 아니라 사라진 애정에 작별을 고하는 것이라고 생각했다. 유신에게 그런 말을 듣게 되리라고는 생각해보지 않았다. 바로 그 때문에 기시감이 느껴졌다. 일어나지 않으리라 생각한 일이 예기치 않은 순간에 벌어지는 것. 그런 경우가 많았다.

무슨 짓을 한 거야?

무슨 일이 있느냐고 물어봐야지.

유신이 못마땅한 얼굴로 기연을 봤다.

당신 아까 어디에 있었어?

기연은 그 물음이 상황을 한층 더 악화시킨다는 것을 알았다.

무슨 말을 하고 싶은 거야?

옆집에 누가 있었어.

도대체 옆집이 뭐 어쨌다고 그래? 하루 종일 이걸 나르느라 다 죽게 생긴 사람한테.

기연은 잠자코 있었다. 드물고 낯선 모양의 족적에 대해서나 이상하게 더러워진 신발 깔창에 대해서는 입을 다물었다. 자신의 의심을 설득력 있게 말할 틈이 없었다. 유신이 머리를 무릎에 파묻고 울먹거리기 시작했다.

비가 다 망쳤어. 지하실 때문이야. 거지 같은 창고 때문에 다 쓰레기가 됐어.

이렇게 많은 상자에 둘러싸여 있는데 결국 죄다 잃은 것이다. 기연은 거실에 아무렇게나 놓인 상자들을 둘러봤다. 습기를 머금어 모서리가 우그러진 일부 상자에 담긴 도어록들을, 대개는 겉으로 멀쩡해 보이는 상자들을, 그러나 습기 때문에 한결같이 망가진 도어록들을, 이제는 결코 어떤 문도 잠그지 못할 그것들을.

유신은 이내 울음을 그쳤다. 울기만 해서는 아무것도 할 수 없다는 걸 곧 깨달았다. 몸을 움직여 삶을 수습하기 시작했다. 입을 다물고 어지럽게 늘어놓은 상자들을 차곡차곡 쌓았다.

유신은 아무것도 말하지 않을 생각이었다. 무슨 일이 생기지 않는다면 굳이 나서지 않을 것이고, 설혹 무슨 일이 생긴다 해도 결코 말하지 않을 작정이었다. 옆집 남자의 의심과 달리 유신이 비밀번호를 해제한 것은 아니었다. 그럴 재주는 없었다. 사용 방법을 설명하며 테스트 삼아 입력한 지문을 지우지 않은 것뿐이었다. 거창한 의도가 있었던 건 아니었다. 실수였다. 남자가 하도 서두르고 재촉하는 통에 입력된 지문을 지우는 걸 잊었다. 며칠 후에야 그 사실이 떠올랐다. 저장된 지문 내역이 표시될 리 없지만 옆집이 입주하기 전에 지워야 했다.

유신이 검지를 가져다 대자 매끈하게 문이 열렸다. 그다음부터는 어렵지 않았다. 슬며시 들어가서 정갈한 집 안을 둘러봤다. 서랍은 모두 비어 있고 가구의 표면은 손자국 하나 없이 말끔했다. 기연이 무엇 때문에 늘 이 집을 의식하는지 궁금했다. 아무것도 놓이지 않은 베란다에서는 멀리 한강이 조금 보였다. 유신의 집에서 보이는 것과 전혀 다른 전망이었다. 이것 때문일까. 이웃한 아파트에서 전혀 다른 풍경을 볼 수 있다는 것 때문에. 질 좋은 나무가 깔린 마루를 신발을 신은 채 걸어보기도 했다. 새하얀 집의 완벽함을 망치고 싶을 때가 있었다. 자신을 쏘아보던 남자의 눈빛이 떠오를 때나 일을 재촉하던 말투가 떠오를 때면 그랬다.

여러 번 들락거리다 보니 방심했다. 족적에 주의하려고 깔창을 사용했다가 되레 인상적인 윤곽을 남겼다. 복도에 스며든 빗물이 흐릿하게 잉크 역할을 했을 것이다. 경찰이 다녀간 후에는 더 조심했다. 신발을 신고 거실을 걷는 일은 하지 않았고 현관 타일에 특별한 무늬가 찍히지 않도록 잘 닦았다. 침구를 흩뜨려놓거나 세면대에 물기를 남겨놓는 일도 없었다.

그게 전부였다. 모든 걸 망칠 정도로 잘못을 저지른 건 아니었다. 그 집에 있는 어떤 것도 훔치지 않았다. 훔칠 만한 것도 없었지만 가지고 싶은 것도 없었다. 풍경은 가져올 수 없고 가구는 유신의 집에 어울리지 않았다.

기연의 오해와 달리 오늘은 아니었다. 그럴 짬이 없었다. 오전에 같은 처지의 선배에게 급작스러운 전화를 받았다. 지하 창고에 가 보고 나서야 선배에게 일어난 일이 자신에게도 일어났다는 걸 알았다. 겉으로 보기에는 괜찮았다. 쌓는 과정에서 모서리가 조금 우그러진 게 있었지만 그런 것들도 상자 표면의 광택이나 청결도에는 아무런 문제가 없었다.

옆집 거실에 누군가 있었다면, 이제야 삶을 시작할 사람들일 터였다. 유신은 베란다에 놓인 화분을 들었다. 잎과 꽃이 다 떨어지고 발신인 이름이 적힌 커다란 리본만 앙상한 꽃대에 매달려 있었다. 기연이 그를 쳐다봤고 말리지 않았다. 적어도 두 사람 모두 이런 일이 일어나기를 바란 적은 없었다.

유신은 옆집으로 가서 초인종을 눌렀다. 어떤 기척도 들리지 않았다. 영영 아무 소리도 들리지 않을 듯 고요했다. 신혼부부도 그들의 아버지도 없었다. 그들의 삶도 이미 끝장나서 부동산 중개인이나 중고가구 매매인이 아파트를 둘러보러 잠시 방문한 것이었는지도 모른다. 유신은 집이 텅 빈 채로 있기를 바라며 화분을 가만히 내려놓았다.

백가흠은 1974년 전북 익산에서 태어났다. 2001년 『서울신문』 신춘문예로 등단했다. 소설집 『귀뚜라미가 온다』 『조대리의 트렁크』 『힌트는 도련님』, 장편소설 『나프탈렌』 『향』 『마담 뺑덕』 등을 펴냈다.

네 친구

1

꽤 아끼는 친구 아니었어? 요즘엔 왜 그렇게 그 아일 싫어해?

혜진이 메뉴판을 훑어보며 물었고, 제민은 휴대전화로 뭔가를 하고 있었다. 남자가 서너 걸음 떨어져서 주문을 받기 위해 서 있었지만 두 사람은 알아채지 못했다. 반응이 없자 남자가 조용히 멀어졌다.

걔는 나를 존경할 줄을 몰라. 여자가 서열을 세우면 더 무섭다는 것을 모르는 거지.

제민이 한참 만에 대답했고, 혜진은 콤팩트를 꺼내 화장을 고쳤다. 손가락으로 부르튼 입술을 만지작거렸다. 마주 앉은 제민은 휴대전화에서 눈을 떼지 않았다. 창밖엔 막 가랑비가 내리기 시작했다. 아주 가는 입자들이 널찍한 창에 부딪혔다. 평일 낮 이태원 거리는 한산했다.

여자가 서열을 세우면 무서워?

여자가 권위를 갖게 되면 무섭단다. 끊임없이 복수하거든. 걔는 석사씩이나 하면서 말이야, 아는 게 없어. 여기저기 흘리고 다니는 것 말곤.

너, 정말 많이 변했다. 아니? 재수 없는 마귀 여교수 같아.

그래? 그럼 어때. 주문이나 해. 배가 너무 고프다 야. 유명한 식당이라더니, 소박하고 그저 그런데? 어째 좀 촌스러운 게, 딱 네 분위기네.

은수가 골랐다니까. 단골집이라고.

그런데 은수 애는 매번 이렇게 늦어. 지가 공주라도 되는 줄 아는 모양이야.

제민이 입을 비죽거리면서 외투를 벗어 의자에 걸쳐놓았다.

이름도 촌스럽게 돌체가 뭐야. 걔는 여성지 기자를 20년씩이나 하면서도 수준이 나아지지를 않니.

그래도 지난달에 네가 데려간 효자동 한정식집보다는 나은데? 거긴 뭐, 그냥 기사 식당 분위기던데, 뭘.

제민이 휴대전화에서 눈을 뗐다. 혜진을 바라보곤 무슨 말을 하려다 말았다. 혜진은 메뉴판에 코를 박고 고개를 들지 않았다. 제민이 식당 안을 둘러보았다. 식당엔 테이블이 다섯 개밖에 없었는데, 한창 바쁠 점심시간이었지만 한산하기만 했다. 식당 안에 손님은 혜진과 제민이 전부였다. 둘이 나누는 대화가 식당 안을 꽉 채우고 남을 만큼 쩌렁쩌렁 울렸다.

그래도 그 아이, 몇 년 동안이나 데리고 있지 않았어? 정들 만도

한데, 좀 예쁘게 봐주지. 싹싹하고 좋던데. 너한테도 잘 했잖아.

혜진이 다시 화제를 돌렸다.

……집에서 살림만 하는 니가 뭘 알겠어. 3년을 잘하면 뭐하니, 한 번을 못 하는데.

혜진이 입술을 가만히 물었다.

넌 도대체 뭘 그렇게 보는 거야? 무슨 일이라도 났어?

전화 때문에 요즘 더 바빠졌어. 할 게 너무 많거든. 그런데 너, 오늘 봉사활동 가는 날 아니야? 꽤 열심이더니 벌써 시큰둥해진 거야? 그러게 마음에도 없는 일이 억지로 그렇게 되니?

제민이 핸드폰에서 눈을 떼지 않은 채 말했다.

넌 아무것도 모르면 가만히 있어. 그런 거 아니야. 사정이 좀 있어.

수요일은 혜진이 요양원에 가는 날이었다. 봉사활동을 가려고 집에서 나오긴 했지만 혜진은 이태원으로 향했다. 주방장이 다시 와서 서성였지만, 둘은 이번에도 알아채지 못했다. 그녀들이 식당에 들어온 지 30분이 지났다. 식당은 작고 구불구불한 골목길 안에 있었는데 작은 바와 술집이 언덕 위까지 간간이 이어졌다. 낮에 영업을 하는 집은 이곳, 돌체뿐이어서 골목을 오가는 사람이 아무도 없었다. 제민이 식당 안 여기저기를 사진 찍었다. 혜진은 제민을 빤히 바라보다가 이내 메뉴판으로 눈을 돌렸다.

그저 그렇다면서 사진은 왜 찍어? 그만하고 네가 메뉴 좀 골라봐. 종류가 너무 많아.

마음에 안 들어도 좋은 티를 내야지. 여기, 유명한 곳이라며. 아무거나 시켜. 그냥 파스타 종류가 많은 걸 거야.

어디에 티를 내? 사진이라도 찍어서 사람들에게 보내주려고? 파스타 종류가 뭔지는 아는데 뭔가 이해할 수 없는 메뉴가 많아. 작은 식당에 뭐 이렇게 메뉴가 많을까.

혜진은 열 페이지가 넘는 메뉴를 꼼꼼하게 눈으로 읽어 내려갔다.

SNS 몰라? 트위터, 페이스북, 인스타그램, 요즘에 밴드도 한다야. 바빠, 정말. 괜히 이상한 것 시키지 말고 샐러드랑 파스타만 주문해.

밴드도 해? 이 나이에 무슨 밴드야. 너 악기 못 다루잖아.

밴드는 그런 게 아니야. 밴드는 그러니까 카카오톡하고 블로그를 섞어놓은 건데, ……설명하려면 길어. 넌, 모르는 게 낫겠다.

그런 걸 하면 누가 보는데? 그런 거 애들이나 하는 거 아냐? 그러지 말고 이것 좀 봐. 뭔가를 선택하기엔 종류가 너무 많대도.

한 옥타브 솟은 혜진의 음성 때문에 와인 잔을 닦던 남자가 그녀들을 슬쩍 쳐다보았다. 그는 제민과 눈이 마주치자 슬며시 웃어 보였지만 제민은 그를 알아보지 못했다. 혜진은 메뉴판을 밀어놓고 고개를 창 쪽으로 돌렸다.

누가 보긴, 모르는 사람들이 보지. 니가 SNS상에서 날 모르는 것처럼, 그곳에선 모르는 사람들이 날 알아. 그냥 크림파스타나 봉골레파스타 같은 거 시켜. 괜한 고민 하지 말고.

제민은 여전히 휴대전화에서 눈을 떼지 않고 건성으로 말했다.

니가 꼼꼼하게 읽은 게 와인 리스트 아냐? 이태리 식당에서 종류가 가장 많은 게 그것밖에 더 있겠어?

아니라니까! 내가 그것도 구분 못하는 천치 같아?

혜진이 버럭 소리를 질렀다. 잔과 접시를 닦던 남자도, 휴대전화만 만지작거리던 제민도 깜짝 놀랐다. 남자가 하던 일을 멈추고 슬그머니 주방으로 사라졌다.

2

혜진이 여자를 처음 본 것은 지난주 수요일이었다.

손 집사님은 정말 나를 기억 못 하시네요.

식당에서 음식을 준비하던 여신도들이 일제히 시선을 혜진에게 옮겼다. 수요일은 교회에서 운영하는 노인복지시설에서 봉사를 하는 날이었다. 설거지를 하던 혜진의 얼굴이 귀까지 벌겋게 달아올랐다.

……그렇죠? 우리가 예전에 만난 적 있었지요? 안 그래도 어딘가 낯이 익어서 물어보려던 참이었어요.

혜진이 주위를 살피며 둘러댔다. 여자의 얼굴을 아무리 찬찬히 훑어봐도 처음 보는 얼굴이었다. 매주 봉사를 오는 사람도 바뀌었고, 몇몇 친해지거나 잘 보이고 싶은 사람에게만 집중했던 터라, 다른 사람에게는 관심이 적은 그녀였다. 그녀의 머릿속에 빠르게 수십 년의 세월이 지나갔지만, 여자가 머문 시간은 없었다.

괜찮아요. 저는 아무렇지도 않아요. 벌써 손 집사님, 다 용서했고, 지난 일이고, 예수 믿고 구원받았으니까. 같이 구원받고 천국 갈 거니까, 이젠 감정 없어요.

여자가 주방 안 모든 사람들이 들을 수 있을 만큼 큰 소리로 말했다. 앞니가 유독 솟아 발음이 새는 여자의 말을 혜진은 정확히 알아들을 수 없었다. 여자가 휑하니 자리를 뜨는 바람에 혜진은 무안해졌다. 여신도들이 무슨 일인가 싶어 혜진을 힐끔거렸다.

혜진은 매주 일요일이면 교회에 나갔다. 결혼하고부터 다니기 시작했으니 햇수로 20년이 넘었다. 교회에 가는 것은 믿음이 있어서라기보다 그저 습관이었다. 교회에서 형성된 커뮤니티가 중요한 배경이 된다는 것을 알고 꽤 열심인 적도 있었다. 하지만 신앙적으로 그녀는 날라리 신도나 다름없었다. 모태 신앙을 가진 남편도 마찬가지였다. 교회로 결속되는 어떤 패밀리즘 같은 것에 익숙할 뿐이지, 그녀가 보기에 남편도 자기와 별로 다를 바 없었다. 다만 조명 사업을 하는 남편에게 교회 인맥은 무시할 수 없는 것이었다. 비즈니스를 위해서 없던 신앙과 믿음도 있는 척해야만 했다.

김 집사하고 원래 아는 사이였어?

남 권사가 어쩔 줄을 모르고 당황하는 그녀에게 슬쩍 다가와서 물었다. 남 권사의 남편은 파주에서 큰 인쇄소를 운영했고 교회에 굉장한 영향력이 있어 혜진에겐 여러모로 쓸모 있는 표적 중 하나였다.

제가 워낙 기억력이 없어서요.

김 집사, 원래 좀 이상해. 안 그래도 말들이 많으니까, 신경 쓰지 마.

남 권사가 혜진의 귀에 대고 속삭였다. 이상한 사람이라니 그나마 다행이었다.

최근 혜진과 남편은 10년 동안이나 다니던 교회를 옮겼다. 이사를 하게 된 게 주된 이유였지만 강남의 대형 교회로 옮긴 속내는 다른 데 있었다. 물론 교회가 크면 다양한 사람이 모이기 마련이었으니, 많은 옵션을 기대하는 것은 당연했다. 강북에 살 때부터 남편은 강남으로 교회를 다니길 원했지만, 혜진은 남편만큼 절실하지 않았다. 남편은 새로 옮긴 교회에서 열심히 활동했고, 혜진도 거들어야만 했다. 얼굴을 익히고 알려야만 교회 안에서 비즈니스도 가능했다.

잘은 모르지만 오래전에 이혼하고 혼자 산다나 봐. 귀신 들렸다는 소문이 있어. 강원도에 있는 무슨 기도원에 오래 있었다는데, 여차여차 우리 교회 나온 지 몇 년 됐어. 특별한 벌이도 없고 사는 게 여의치 않아서 교회에서 도와주고 그러는데, 그래서 그런지 이런 일에 빠지지 않고 나와. 심성은 아주 착해. 봉사도 열심이고.

여자가 남기고 간 설거지를 남 권사가 마저 하며 혜진을 다독였다. 혜진은 가슴이 벌렁거려 제대로 서 있을 수 없었다. 근래 자주 있는 일이었다. 깜짝 놀랄 일이 아니어도, 느닷없이 요동치는 가슴 때문에 혜진은 걱정이었다. 심장에 무슨 문제가 있나 싶어 병원을 다녀온 것이 지난달이었다. '얼굴이 붉어지고 갑자기 가슴도 막 뛰고 그러는 건 30년 넘게 여자로 살다가 이제 점점 아이가 되어간다는 신호예요. 혹시, 우울증이 있지는 않죠? 갑자기 화가 나거나,

우울해지거나 그러면 다시 병원에 오셔야 해요, 알았죠?'

언뜻 봐도 의사는 자기보다 어려 보였다. 어른스럽게 구는 게 마음에 들지 않았다. 조곤조곤 친절하게 구는 것도 싫었다. 심장에 문제가 있는 것은 아니었고, 여자들이 폐경기에 겪는 흔한 증상이라고 했다. 이후에도 얼굴이 달아오르고 심장이 요동치는 증상이 점점 심해졌다.

권사님, 저 화장실 좀 다녀올게요.

남 권사가 걱정스런 듯 그녀의 뒷모습을 눈으로 좇았다. 쉰 가까운 나이에 새로운 환경에 적응한다는 것이, 각오는 했지만 쉽지 않은 일이었다. 교회에서 누가 실세인지를 파악해야 했고, 그들의 마음에 들기 위해 노력해야 했다. 진심을 들키지 않는 것이 무엇보다 중요했다. 혜진은 몇 달간 하루도 빠짐없이 얼굴을 알리러 여신도 모임을 따라 봉사와 사역을 다녔다. 남자들이 할 수 있는 일이라야 기껏 차를 마시거나 식사를 하는 정도였으니, 남편 대신 몸으로 때워야만 하는 혜진의 역할이 무엇보다 중요했다. 가난한 인상을 풍기면 안 됐고, 교양 없어 보이는 것도 안 됐다. 교회만큼 배경과 부에 따른 계급과 서열이 확실한 곳도 드물었다.

화장실을 가는데 어디선가 여자가 울부짖으며 기도를 하는 소리가 들렸다. 무슨 말을 하는지 또렷하게 알아들을 수는 없었다. 김 집사였다. 그녀는 말을 할 때마다 '아버지, 하나님'을 추임새처럼 붙여 넣었다. 혜진은 계단에 앉아서 그녀의 기도를 가만히 엿들었다. 아무리 떠올려보아도 전혀 기억이 나질 않았다. 여자 같은 사람을 자기가 상대했을 리가 없다는 확신이 들었다. 그러니 궁금증은 더해갔다.

3

너, 무슨 일 있어? 왜 안 내던 화를 내고 그래?

말은 그렇게 했지만 제민이 대수롭지 않은 듯 다시 휴대전화로 시선을 옮겼다.

남편 또 바람피우니? 그 경리 보는 애랑은 정리된 거 아니었어? 나는 남편보다도 네가 더 문제라고 봐. 네 꼴을 봐라. 나라도 도망가겠다.

혜진이 메뉴판을 신경질적으로 테이블에 던졌다. 제민이 고개를 들어 혜진을 물끄러미 바라보았다. 혜진은 목 부분에 하얀색 리본이 크게 달려 있는 낡은 꽃무늬 원피스를 입고 있었다. 글래머러스한 몸매가 훤히 드러났다. 군살이 붙긴 했지만, 나이에 비해, 노력하지 않는 것에 비하면 준수한 외모를 유지하고 있었다.

그러니까 옷 좀 사 입어. 몸매가 아깝다야. ……여기 뭐가 맛있는지 인터넷으로 찾아볼까?

둘은 식당에 들어온 내내 신경전을 벌였다. 큰 소리로 싸우지는 않았지만, 조금씩, 서서히 서로를 허물고 있었다. 혜진은 창밖으로 시선을 던졌다. 빗방울이 점점 굵어지고 있었다.

옷이 그게 뭐니. 돈 좀 써. 그 정도는 되잖아. 나이가 아무리 어리다지만 심부름이나 하는 애한테 밀리면 되겠어?

제민은 마흔아홉의 나이에도 꾸준히 운동한 덕에 완벽한 몸을 소유하고 있었다. 그녀는 오랫동안 운동 중독자였다. 요가는 매일 했고, 수영, 필라테스와 근력 운동은 이틀에 한 번씩, 거르는 날이 없었다. 꾸준히 운동했던 덕인지 나이에 비해 몸에 탄력이 넘쳤고, 얼굴은 어려 보였다. 그녀는 대학 시절처럼 여전히 44사이즈를 입었다. 언뜻 봐서는 마흔아홉이라는 나이를 가늠하기 힘들었다. 혜진보다도 네댓 살은 어리게 보였다. 식당 안에 클래식 음악이 조그맣게 흘렀다.

그런 거 아냐. 너는 헛짚지 좀 마. 결혼한 지 3년밖에 안 된 애가 부부에 대해 뭘 아니. 막말로 평생 학교만 다닌 니가 뭘 알아. 넌 세상을 정말 몰라.

혜진의 언성이 높아졌다. 서로의 비아냥거림은 한계에 다다랐다.

제민이 아무 대꾸를 하지 않아서 분위기는 더욱 어색해졌다. 둘은 대학 신입생 때부터 30년 친구였다. 매일 통화로 소소한 일상까지 수다를 떨었고 가족보다 서로를 잘 알았지만 시기하고 질투하는 마음도 그만큼 크기 마련이었다. 자신들이 정말 서로를 좋아해서 친구로 남았는가 곰곰 생각해볼 때가 많았지만, 세월이 그들을 여전히 친구로 묶어놓았다. 무엇보다 그녀들에겐 서로 말고는 친구가 아무도 없었다.

……근데, 여기 맛있는 메뉴도 휴대전화에 나와 있다니?

혜진이 좀 수그러진 목소리로 물었다.

인터넷에 없는 건 세상에 존재하지 않는 것뿐이란다. 음, 여기 명란파스타와 고등어파스타가 유명하네. 소 내장으로 만든 수프도 좋단다. 이태리 음식에도 그런 게 들어가는구나. 배고파 죽겠어, 은수는 어디쯤인지 전화 좀 해봐.

혜진이 제민을 째려보았다. 제민은 그녀의 시선을 피하며 휴대전화를 만지작거렸다.

네가 쥐고 있는 것은 전화는 안 되는 전환 거니? SNS만 돼?

짜증과 신경질은 한 걸음 나가고 멈춰 섰다, 되돌아오기를 반복했다. 둘이 식당에 들어선 지 이미 한 시간여가 흘렀다. 그사이 식당에 들어온 손님은 아무도 없었고, 점심시간도 끝나가고 있었다. 둘은 식사를 주문하지도 않았고 늦는 은수에게 전화를 걸지도 않았다. 매일 전화로 통화를 해서 궁금한 것도 없는 사이지만 한 달에 한 번은 세 친구가 모여 모임을 가졌는데, 매번 싸우다 토라지고 헤어지기 일쑤였다.

그런데 그 애가 뭘 그렇게 잘못한 거야? 그냥 실수한 거면 그렇게까지 할 거 없잖아. 네가 그러면 졸업도 못 하는 거 아냐?

넌 신경 쓰지 마. 그 애가 네 딸이라도 돼? 그렇게 할 만하니까 그런 거겠지.

잠시 망설이던 제민이 말을 이었다.

용서가 안 돼. 같이 있는 꼰대가 곧 정년이거든. 말년이라 그런지 이것저것 부탁하는 게 많다, 아주. 그냥 좀 조용히 마무리했으면 좋겠는데 자꾸 일을 만들어, 귀찮게 말이야.

마지막인데 잘 좀 해드리지 그래.

물론 그러고 싶기야 하지. 그런데 나도 교수잖아. 학생들 시킬 것도 꼭 나를 시켜먹어. 마지막 강의를 좀 화려하게 하고 싶었는지, 몇 번씩 전화를 하고 그래서 피해 다녔는데, 딱 걸렸어. 이런저런 핑계를 대고 빠져나갔는데 꼰대가 다시 걔한테 확인했나 봐. 심각하게 묻지 않으니 걔가 사실대로 말한 거야. 꼰대가 내게 전화해서 화를 내진 않았지만 말 속에 경멸이 숨어 있더라니까. 난감해서 죽는 줄 알았다.

그러니까 그 애가 사실대로 말해서 그런 거네? 너를 위해서 거짓말을 해주지 않아서 그 애를 괴롭히는 거란 말이지?

말하자면 그렇지만, 난 교수잖니? 그것도 지도교수.

너 좀 이상해진 거, 알고는 있니?

그래서 어쩌란 거야? 넌 누구 편이야, 도대체? 왜 걔 때문에 네가 화를 내는데? 내가 너한테 혼나야 하는 거야?

너 정말……

여기, 주문받으세요.

제민은 혜진의 말을 자르고 신경질적으로 주방장을 불렀다. 주방장이 친절한 웃음을 머금고 그녀들에게 다가왔다. 그때야 제민은 남자의 얼굴을 처음 똑바로 보았다. 제민이 난감한 듯 눈으로 혜진을 불렀지만 그녀는 창에 날아와 흐르는 빗방울을 멍하니 바라보기만 했다.

오, 오랜만이네요?

제민의 말에 남자가 빙긋이 미소 지었다. 뒤늦게 남자를 본 혜진의 얼굴이 벌게졌다.

잘 지냈어요? 그렇게 제 전화를 피하더니, 스스로 찾아왔네요?

남자는 웃었고, 혜진은 대답을 하지 못한 채 제민을 힐끔 쳐다보았다.

아, 이태원, 식당 한다는 곳이 여기였어요?

제민이 더듬더듬 얘기를 꺼냈지만 어색한 분위기는 여전했다.

언제쯤이면 절 알아볼까 기대하고 있었어요.

남자는 제민의 말에는 대답을 하지 않고 혜진을 물끄러미 응시했다. 혜진이 인사라도 해야겠다 싶어 고개를 들어 남자를 바라보았을 때, 딸랑, 문에 달린 종이 울리며 은수가 들어섰다.

무슨 봄비가 이렇게 거칠게 온다냐.

우산도 없이 비를 흠뻑 맞은 은수가 입구에 서서 손으로 젖은 옷을 툭툭 털었다. 혜진과 제민과 남자가 그녀를 멀뚱히 쳐다보았다.

시간은 지나가면 사라지는 것이 아니라 차곡차곡 쌓여 사람 마음속 깊숙한 곳을 향해 탑을 쌓는다. 기억 속에 가라앉은 시간의 끝은 뾰족한 바늘처럼 생겨서 복원해내면 따끔하게 마음의 가장자리를 찌르곤 한다. 그래서 사람들은 날카로운 시간의 기억을 다시 찾지 않을 만한, 마음속 가장 깊은 곳에 숨겨놓는다. 그리곤 어디에 그 시간을 두었는지 잊어버리고선 우왕좌왕한다. 서로 사랑할수록, 서로의 시간이 많이 쌓일수록 그 끝은 심해 한가운데 버려진 바늘과 같아진다. 그 끝을 기억하지 못해서 서로가 서로에게 왜 상처받고 상처주는지 모른 채 시간은 계속하여 흘러만 간다. 깊은 시간을 나눈 우정도 비슷하다. 우정은 시기와 질투 같은 다른 감정으로 얽히기 쉽다. 가족끼리 대화가 안 되는 이유는 대개 서로에 대한 감정이 먼저 튀어나와서인데, 친구 사이에도 그런 경우가 종종 있었다.

그냥 나가자, 얼른.

남자가 주방으로 사라지자 혜진이 급하게 가방을 챙기면서 말했다. 두 친구는 느긋하기만 했다. 은수는 젖은 머리를 수건으로 털었고, 제민은 의자 끝에 겨우 엉덩이를 걸치고 비스듬히 기대앉아서 휴대전화를 만지작거렸다.

뭐 그럴 것까지 있어. 쉰 살이 애들인가?

은수가 수건을 내려놓고 와인 리스트를 훑으며 말했다. 제민은 여전히 휴대전화만 만지작거리고 있었다.

너, 나가서 봐. 하여튼 못돼먹은 년.

혜진은 자리를 박차고 일어섰지만 두 친구는 여전히 혜진을 멀뚱 쳐다볼 뿐 자리에 그냥 앉아 있었다.

아, 지루해. 왜 이렇게 우리는 달라지는 게 없니. 낼모레면 쉰인데.

제민이 휴대전화를 내려놓으며 창밖으로 시선을 넘겼다.

그러니까 친구가 우리 셋밖에 안 남은 거야.

은수는 담배를 꺼내 입에 물었다.

여기도 금연이겠지?

은수는 담배와 라이터를 만지작거렸다.

그냥 있을 거지? 나, 간다, 그럼.

혜진이 토라져서 문 쪽으로 걸어갔지만 두 친구 모두 잡지 않았다. 혜진은 문 앞에까지 갔지만 성큼 밖으로 나가는 것을 망설였다. 그새 빗방울은 더욱 굵어져서 장대비가 쏟아지고 있었다.

먼저 가시려고요?

남자가 큼지막한 접시를 든 채 혜진에게 다가왔다. 혜진이 난감한 듯 남자와 밖을 번갈아 바라보았다. 남자의 등 뒤로 낄낄대는 친구들의 모습이 눈에 들어왔다.

비가 좀 잠잠해지면 가세요. 저 때문에 불편해서 그런 거면 그렇게 하지 않아도 돼요.

남자의 이름이 뭐였더라, 아무리 떠올려보아도 기억나지 않았다. 최민석이라고 했던가, 최민우였던가, 혜진은 남자의 얼굴을 보며 그에게 이름을 하나씩 붙여보았지만 생각나지 않았다.

지난달 온수의 생일에 세 친구는 저녁을 먹고 일산에 있는 나이트클럽에 갔다. 혜진은 마흔아홉에 나이트클럽을 처음 가보았다. 나이트클럽은 젊은 애들이 춤추고 술 마시며 노는 곳인 줄만 알았지 중년들의 해방구일 줄은 생각지 못했다. 혜진은 간만에 마신 술에 취해서 정신이 없었다. 이십대로 돌아간 것만 같았다. 가슴을 울리는 음악 소리에 취기가 더해갔다. 그녀는 웨이터의 손에 이끌려 여러 자리를 돌았다. 많은 남자들을 만났다는 것 말고 기억나는 것이 없었다. 자리에 앉을 때마다 남자들은 어떻게든 혜진을 자리에 오래 남겨두려 애를 썼고, 혜진은 취한 와중에도 어떻게든 자리에서 벗어나려고 노력했다. 경험이 있었다면 좀 수월했겠지만, 혜진은 어떻게 해야 하는지 난감하기만 했다. 두 친구는 어디에 있는지 보이지 않았다. 자기를 버려둔 그녀들이 원망스러웠다. 정신을 차렸을 땐 한 남자와 함께 차에 있었다.

셰프는 아예 가게 문을 닫았다. 쏟아지는 비는 위용을 더했고, 식당으로 들어서는 손님도 없었다. 셰프는 지난달 나이트클럽에 합석했던 남자들 중 하나였고, 혜진의 파트너였다.

4

혜진은 여자가 기도하는 소리를 들으며 우두커니 앉아 있었다. 여자는 울부짖다가도 때때로 대화를 나누는 것처럼 기도했다. 혜진은 하마터면 '저에게 그러는 거예요?' 하고 대답을 할 뻔했다. 여자의 기도는 섬뜩한 느낌이 들었는데 중간에 하나님에게 원망과 저주를 퍼부으며 화를 냈기 때문이었다. 기도가 끝나기를 기다려 과거의 인연을 물어볼 생각이었지만, 여자의 기도는 마무리되는 듯싶다가도 다시 상승세를 타길 반복했다. 신에게 바치는 간절한 기도를 엿듣는 것이 무섭게 느껴지긴 처음이었다.

교회를 다니는 사람들끼리 형제와 자매 같은 용어를 써가며 남다른 친밀감을 갖는 이유는 하나님께 드리는 간절한 기도의 비밀을 공유하기 때문이라고 혜진은 믿었다. 고요한 새벽에 옆 사람의 기도를 가만히 듣고 있으면 마치 자기가 신이라도 된 것처럼 상대방의 고민과 걱정을 고스란히 알아들을 수 있기 때문이었다. 그래서 혜진은 절대로 소리 내어 기도하지 않았다. 혹시라도 남들이 자기의 기도를 엿들을까 하는 걱정 때문이었다. 실은 그렇게 간절하게 뭔가를 빌 만큼 신앙이 있는 것도 아니어서, 그저 중얼중얼 기도하는 흉내를 내는 것이 고작이었다.

여자의 기도는 30분이 넘게 이어졌다. 혜진은 남편과의 이혼을 심각하게 고려했다. 오래전 남편이 어린 애인을, 그것도 몇 개월마다 갈아치우며 바람을 피운다는 것을 알게 된 다음이었다. 친구들에게 고민을 얘기했더니 위로는 잠깐이었고, 내동 비아냥거림을 감수해야만 했다. 결국 자기의 허물이 됐다. 친구들이 남편 얘기를 꺼낼 때마다 혜진은 수치스러움을 참기 힘들었다. 마치 자기가 큰 실수라도 한 것처럼 느껴졌다. 이혼을 한다고 해도 얻을 게 아무것도 없었다. 남편의 사업은 사람들이 알고 있는 것과는 달리 10여 년째 빚으로 겨우 유지하는 정도였고, 아이들은 한창 예민한 고등학생이었다. 아이들이 대학에 들어가면 어떻게든 정리하려고 마음을 먹은 게 벌써 몇 년 전이었다. 처음엔 분에 못 이겨 억울한 마음뿐이었으나, 시간이 지나고 남편에게 남은 애정마저 사라지자 남의 일처럼 느껴졌다. 이혼도 감정이 있을 때에야 가능한 일이었다. 혜진에게 이혼은 삶에 대한 포기와 같았다. 대학을 졸업하고 일찍 한 결혼이 삶의 전부였다. 가족은 인생의 굴레이자 모든 것이었다. 바꿀 수 있는 것은 아무것도 없었다. 어떻게든 아이들을 보살펴야 한다는 것이 인생의 목표였다. 남편이 무얼 하든 상관하지 않았다. 그녀의 무관심은 남편을 집으로 돌아오게 만들었으나, 남편이 여자를 끊은 것은 아니었다. 그러거나 말거나 혜진은 남편에게 아무 관심이 없었다. 요즘 남편의 사업을 돕기 위해 거의 매일 교회 일에 매달렸지만, 그것도 남편을 위해서가 아니라 가족을 위해서였다.

손 집사님, 여기서 뭐해요?

여자였다. 상념에 빠져 있던 혜진이 귀신이라도 본 것처럼 놀라서 뒤로 넘어졌다. 여자가 손을 내밀었지만 선뜻 잡을 수가 없었다.

아직도 저, 기억 안 나죠? 그럴 거예요. 시간이 너무 많이 흘렀으니까.

혜진이 여자의 손을 잡고 일어서며 그녀의 얼굴을 찬찬히 훑어보았다. 여전히 낯설었다.

우리가 학교를 같이 다녔었지요?

혜진이 슬쩍 떠봤지만 여자는 빙긋이 미소만 지으며 대답이 없었다.

괜찮아요, 괜찮아요, 아멘. 원래 그렇잖아요. 상처 준 사람은 아무 기억 못 하고, 상처 입은 사람만 못 잊는 거죠, 뭐. 저는 손 집사님 다 이해해요, 아멘. 하나님이 이미 다 용서했어요. 저는 다 잊고 기쁜 삶을 살고 있어요. 하나님이 그렇게 해주셨어요. 할렐루야.

여자가 아멘, 할렐루야를 말할 때마다 혜진은 오금이 저렸다. 자신에게 내리는 저주처럼 들렸다. 혜진이 뭔가를 계속 물었지만 여자는 속 시원하게 대답하지 않았다.

저기 그러지 말고, 김 집사님, 얘기 좀 해주세요. 정말, 기억이 안 나서 그래요.

여자는 매달리는 혜진을 뿌리치고 식당으로 돌아갔다. 여자의 뒷모습을 보자 혜진은 화가 나서 참을 수가 없었다. 시팔, 진짜. 혜진이 입술만 움직여 욕을 했다.

5

아무도 말을 하는 사람이 없었다. 혜진은 지난달 나이트클럽에서 있었던 일을 떠올리기조차 싫었다. 은수가 아무렇지도 않게 행동하는 것에 화가 나서 참을 수가 없었다. 혜진이 먼저 입을 뗐다.

나는 가끔 정말, 우리가 정말 친한 사이인지 의심이 들 때가 있어. 우리 친한 친구 맞잖아. 그런데 왜 서로 괴롭혀?

넌 안 그런 거 같애?

혜진은 은수를 보며 물었고, 제민은 혜진에게 물었다. 혜진이 제민을 바라보았다.

내가 뭘? 너한테 뭘 잘못했는데?

내가 이 나이에 아이를 원하는 게 무리인 줄은 알지만, 그게 그렇게 흉이니? 은수에겐 뭐하러 그런 말을 했어?

혜진이 뭔가 말하려다 참았다. 말문이 막혔다. 제민은 3년 전에 늦은 결혼을 했다. 남편은 다섯 살 많은 이혼남이었다. 제민은 줄곧 아이를 원해서 여러 노력을 기울였는데 번번이 실패했다. 그녀도 남편도 아이를 갖기엔 많은 나이여서 기대하지 않는다고 했지만 불가능할수록 더욱 간절해지는 것이 있기 마련이었다.

아니, 다른 건 아니고 나는 네가 걱정되고 안타까워 그랬지. 남편이 이미 정관수술한 것도 모르고 애쓰는 니가 불쌍해서 그런 거잖아.

제민이 은수를 노려보았다.

아니, ……혜진이만 모르는 것도 그렇잖아.

니들은 재밌지?

너도 나보고 헤프다고 했다며. 나이 쉰에 그 말이 가당키나 하니? 너희 다 있는 남편도 없이 사는 내가 이 남자, 저 남자 만나는 게 문제야? 그럼, 한 놈만 만나 사랑이라도 할까?

제민이 당황하며 혜진을 바라보았다. 혜진이 슬며시 고개를 돌렸다.

우린 통화를 너무 자주 하는 게 문제야.

은수가 냉수를 벌컥 들이켰고, 남자가 돌아오자 세 친구는 하던 말을 멈추었다.

그새 또 무슨 일 있었어요?

제민이 슬쩍 일어났다. 그녀의 뒷모습을 혜진과 은수가 바라보았다.

오늘은 제가 근사하게 대접할게요. 부담없이 마음껏 즐기세요. 대신 저도 끼워줘야 해요.

남자는 순식간에 여러 요리를 접시에 담아 왔다. 혜진은 여전히 남자가 불편했다. 하지만 지난번에는 미처 느끼지 못했던 자상함에 남자가 다르게 보였다.

그런데 몇 살이라고 했죠?

돼지띠예요. 그때도 물었는데, 편하게 반말하세요. 계속 반말했었는데.

그럼 몇 살이야? 마흔넷?

은수가 혜진을 쳐다보며 눈으로 물었다. 혜진은 대답이 없었다.

누님들은 말띠죠?

어후, 징그럽게.

은수가 억지로 웃으며 가볍게 남자의 어깨를 툭 쳤다. 남자가 혜진에게 와인을 따라주었다. 제민이 돌아와 자리에 앉았다. 혜진과 은수는 슬쩍 제민의 눈치를 보았다. 제민은 아무렇지 않은 듯 남자가 따라주는 와인을 마셨다.

좀 괜찮냐?

우리가 뭐 언제는 안 그랬어?

제민이 혜진을 보며 눈을 흘겼다. 와인이 한두 잔 돌자 금세 분위기가 무르익었다. 주로 남자가 화제를 주도했고, 세 친구는 남자가 무슨 말을 할 때마다 자지러지게 웃었다.

혜진은 그날 밤을 떠올렸다. 기억이 날 듯 말 듯했다. 여러 자리를 돌아다니며 남자들이 따라주는 술을 마신 탓에 그녀는 엉망으로 취했다. 얼마나 시간이 지났을까. 정신을 차려보니 주차장이었다. 낯선 남자와 차에 있었다. 그녀의 팬티는 발목에 걸려 있었고, 원피스는 풀어헤쳐져 허리에 걸쳐 있었다. 남자는 바지만 내린 채였다. 혜진이 남자를 슬며시 밀어냈다. 취기가 사라지며 정신이 번쩍 들었다. 꼭 자다 깬 기분이었는데, 상황을 어떻게 자연스럽게 빠져나가야 할지 난감했다. 머리가 어지럽고, 아팠다.

미안해요. 좀 토해야겠어요.

혜진이 한 손으론 팬티를 끌어올리고, 다른 손으로는 원피스를 가슴 위로 올리며 말했다. 브래지어는 어디 갔는지 찾을 수가 없었다. 차 안을 두리번거렸다.

우리, 한 건 아니죠?

혜진이 옷을 추스르며 말했다. 남자가 피식 웃었다. 브래지어는 보이지 않았다.

하하하, 귀여운 거 알아요? 했으면 어떻고, 안 했으면 어때요. 두 시간이나 같이 있었던 것치고는 성과가 너무 없는데요?

……네?

혜진의 얼굴이 붉어졌다.

내내 반말하고 욕하고, 또 적극적으로 그러다가 갑자기 존댓말을 하니, 다른 사람 같아요. 저기, 나중에 기억 안 난다고 할까 봐 하는 말인데, 주차장으로 제가 가자고 한 거 아닙니다. 꼭 기억해야 해요. 그쪽이 저를 끌고 왔어요.

혜진은 전혀 기억이 나지 않았다. 아무리 취했다고는 하지만 아무것도 기억이 나질 않았다. 그저 방금 꾸었던 꿈, 느낌만 있고 내용은 기억나지 않는 꿈 같았다. 찬찬히 훑어보니 남자는 꽤 근사했다. 혹시 벌써 전화번호를 주고받았던가, 혜진은 서둘러 자리를 피하려고 했지만, 남자는 서두르지 않았다. 두 친구가 있는 자리로 남자가 데려다 주었다. 뒤로 몇 번의 전화가 걸려 왔지만 혜진은 전화를 받지 않았다.

우리 춤출까? 자기, 신나는 음악 좀 틀어봐요.

은수가 남자를 재촉하자, 빗소리와 어울리는 블루스 음악이 흘러나왔다. 은수는 자리에서 일어나 와인 잔을 들고 음악에 맞춰 몸을 흔들었다. 밖은 밤이 되려면 멀었지만 다른 날보다 어둑했다. 비는 기세 좋게 쏟아졌다. 혜진과 제민은 춤을 추는 은수를 바라보았다.

재, 정말 많이 변하지 않았어? 쉰이 가까워서야 가장 출중한 외모를 갖게 되다니.

은수는 여러 번에 걸친 성형수술로 예전의 모습을 거의 찾아볼 수 없을 만큼 바뀌었다. 은수의 몸 중에서 그대로 남아 있는 곳을 찾기 힘들었다. 철마다 얼굴이 바뀌고 해마다 몸이 다른 사람처럼 변했다.

옛날 얼굴이 전혀 생각이 안 나. 대학 때 떠올리면 그냥, 못생겼다는 기억만 있고, 정확히 얼굴은 안 떠오른다. 우리라도 은수의 과거를 기억해야만 하는데.

근데, 다른 거 다 고쳐도 저 어깨는 어쩔 수 없나 봐.

어깨 좁히는 수술만 있다면 완벽해지는 건데.

혜진과 제민이 깔깔대며 웃었다. 남자가 은수와 함께 몸을 흔들었다.

너네 둘이 사귀냐?

제민이 큰 소리로 물었다. 은수가 와인을 홀짝이며 고개를 끄덕였다. 혜진의 안색이 순식간에 굳어졌다.

6

너 정말, 왜 그래? 어떻게 그럴 수가 있어?

뭐, 별일도 없었다며. 그리고 무슨 일이 있었대도 우리만 상관없으면 되는 거지. 왜 네가 성을 내고 그래?

남자가 잠시 주방에 들어간 사이 혜진은 은수를 몰아붙였다.

둘 다 그만하고 와인이나 마셔. 술 잘 마시다가 갑자기 왜 그래. 니들은 아직도 스무 살이니? 나이가 몇인데 남자 때문에 싸우고 그래.

남자 때문이 아니잖아.

남자 때문은 아니지.

혜진과 은수가 동시에 각자 대답을 했다. 제민은 둘의 싸움을 말렸지만 적극적이지 않았다. 그녀도 답답한 듯 와인을 연신 홀짝였다.

너, 정말 웃긴다. 나하고 지난달에 그런 일이 있었던 거 뻔히 알면서 아무렇지 않아?

아무렇지 않아. 네 애인도 아니고, 남편도 아니잖아. 도대체 너 왜 그래?

나는 정말 너를 이해할 수가 없다.

혜진이 와인을 마시자 은수도 와인을 벌컥벌컥 들이켰다. 혜진의 얼굴이 벌겋게 달아올랐다. 심장이 터질 것처럼 뛰었고 가슴은 답답했다. 순간 눈앞이 어지러워서 그녀는 의자에 털썩 주저앉았다.

넌 네 남편이나 신경 써, 제발.

은수가 빈 잔에 와인을 채우더니 한 번에 잔을 비웠다. 혜진은 요동치는 가슴이 진정이 되지 않았다. 자꾸 눈물이 나오려는 것을 가까스로 참았다.

김 집사는 주방 안에서 안절부절못했다. 설거지를 하다가 소리 내어 기도를 했고, 쌀을 씻다가 팽개치고 냉장고 청소를 했다. 조금 진정되는가 싶다가도 갑자기 발작하는 그녀 때문에 주방 안은 내내 불안했다. 수요일 봉사는 결국 엉망이 됐다.

김 집사는 노인들에게 반찬 배급을 하다가 결국엔 울음을 터뜨렸다. 식판을 들고 서 있던 치매를 앓는 할머니가 큰 소리로 따라 울었다. 남 권사가 얼른 여자를 데리고 나갔다. 모든 시선이 혜진에게 쏠렸다. 잘못한 게 없는데도 큰 잘못을 저지른 것 같았다. 아무리 골똘히 생각해보아도 기억의 어느 틈에 그녀의 모습은 없었다. 등에서 식은땀이 흘러내렸다. 등 뒤에서 어신도들이 쑥덕거리는 것만 같았다. 혜진은 고개를 푹 숙이고 식판에 밥을 담았다.

저기, 손 집사, 그러다 밥 모자라겠어.

남 권사가 어느새 다가와 말했다. 언뜻 봐도 너무 많은 밥을 식판에 퍼 담고 있었다. 혜진이 황급히 밥을 덜어냈다.

여자는 주방에서 나간 뒤로 다시 돌아오지 않았다. 처음엔 그런가 보다 했는데 시간이 흘러도 나타나지 않자 걱정이 되기 시작했다. 혜진은 없어진 여자가 은근히 신경이 쓰였다. 요양원 구석구석 찾아보았으나 찾을 수 없었다.

먼저 갔나 봐. 좀 전까지 나랑 같이 있었으니 괜찮을 거야.

남 권사가 걱정하는 혜진을 달랬다. 혜진은 가만히 고개를 끄덕였다.

왜 기억이 안 나는 걸까요. 제가 누구에게 해코지 하고 살 만한 사람도 못 되는데, 답답해 죽겠어요. 혹시 다른 사람과 착각하거나 저를 잘못 알아본 게 아닐까요? 딱히 연고도 없고, 출신 학교 같은 것을 말해주지도 않으니……

혜진은 주방에 모여 있는 여신도들 때문에 일부러 좀 크게 말을 했다. 혜진의 말을 엿듣던 몇몇 여신도들이 고개를 끄덕였다. 남 권사도 고개를 끄덕이며 수긍을 했다.

자기, A여대 나왔다며. 김 집사가 그 대학을 나왔을 리도 없고. 그러니까, 아마 자기 말대로 김 집사가 착각한 걸 거야. 조금 이상하다고 했잖아.

여자를 본 사람은 아무도 없었다. 봉사활동이 끝나고 주방 뒷마무리를 다할 때까지도 여자는 돌아오지 않았다. 열 명 남짓 되는 여신도들과 요양원 직원들까지 나서서 김 집사를 찾았지만 그녀는 어디에도 없었다.

아무래도 아까 먼저 간 그분 신발 같아요.

요양원을 나서는데 직원이 굽 낮은 구두 한 켤레를 들고 따라 나왔다.

그럼, 김 집사가 맨발로 간 거야?

설마, 누구 것하고 바꿔 신고 갔겠지.

아무도 신발이 없어진 사람이 없는데 누구 신발을 신고 갔을까?

여신도들이 신고 있는 서로의 신발을 쳐다보았다. 직원이 검정 비닐에 담긴 낡은 구두를 혜진에게 건넸다. 혜진은 얼떨결에 신발을 받아들었다.

그래, 오늘 일도 있고 하니까 챙겼다가 주일날 전해주면 되겠네. 오해도 풀고.

남 권사가 말하자 여신도들은 고개를 끄덕였고, 혜진도 거부할 수가 없었다.

……그럼, 제가 잘 가지고 있다가 일요일에 전해드릴게요.

지난주 수요일, 여자는 자기가 신고 왔던 낡고 굽 낮은 구두를 남기고 사라졌고, 혜진은 검은 비닐봉지에 담긴 구두를 가지고 집으로 돌아왔다.

7

너한테는 자주 있는 일인 줄 모르지만, 난 처음이야. 너희들은 비웃겠지만, 아무 일도 아니라고 하지만, 나는 처음 있는 일이었다고. 남편 말고는 처음이었어. 아니, 무슨 일이 있었던 게 아니니까, 끝까지 간 건 아니지만 나한테는 별일 아닌 게 아니란 말이야.

그게 나하고 저 사람하고 무슨 상관이 있다는 거니? 너도 저 사람한테 아무 감정 없잖아. 손혜진, 네가 느끼는 감정은 너와 네 남편의 문제야. 나하고 저 남자하고는 그냥 가벼운 관계야. 그냥, 좀 시간을 의미 있게 허비하는 정도라고. 넌, 꼭 아무 문제가 없는 것을 네 문제로 받아들이더라. 넌 그게 문제야.

네가 여러 남자에게 상처 입고, 방황할 때도 나는 언제나 네 편이었어. 제민이가 스물몇 살부터 유부남들 만날 때도 난 항상 걱정하면서 제민이 입장만 생각했고. 니들은 도대체 나한테 뭐니? 남편 문제도 그렇고 이번 일도 마찬가지야. 너희들은 날 언제나 수치스럽게 만들어.

혜진이 자리에서 벌떡 일어났다. 눈에 눈물이 그렁그렁 고여 있었다. 의자가 뒤로 밀리며 넘어졌고, 비틀거리던 와인 잔이 바닥에 떨어졌다. 눈물이 볼을 타고 주르륵 흘러내렸다. 검붉은 와인과 유리 조각이 사방으로 튀었다. 혜진은 아랑곳하지 않고 가방을 챙겼다. 가방에 구겨 넣은 짐들이 부스럭거렸다.

대화도 안 되는 데다가 너 말이 너무 심하다, 정말. 왜 너만 아무 문제 없다고 생각해?

제민이 혜진을 막아섰지만 그녀는 뿌리치고 문 쪽으로 걸어갔다. 비는 여전히 무서운 기세로 쏟아져 내리고 있었다.

그냥 둘 거야?

제민이 은수를 내려다보며 읊조렸다.

혜진이 문을 열기 전에 멈칫했다.

내버려둬.

그렇게 갈 거면 너, 나한테 전화하지 마.

등 뒤로 제민과 은수의 목소리가 엉겨 붙었다.

혜진은 일요일 내내 교회에서 김 집사를 기다렸다. 그녀는 나타나지 않았다. 교회 구석구석 여자를 찾아다녔지만 그녀를 봤다는 사람은 없었다.

혜진은 집에서 종종 여자의 구두를 꺼내놓고 바라보았다. 신발 주인을 떠올렸다. 기억이 닿는 맨 처음부터 망각 속에 가라앉은 시간을 모조리 꺼내놓아도 그녀는 없었다. 누굴까, 어디에서 여자를 만난 것일까, 무슨 말을 했던 것일까, 무슨 잘못을 저지른 것일까, 아무리 골똘히 생각해봐도 아무것도 얻지 못했다. 혜진은 일요일이 오길 손꼽아 기다렸다. 궁금해서 참을 수가 없었다. 교회에 그녀의 연락처를 물었지만 알 수 없었다. 일요일에도 여자를 만나지 못하고 수요일이 됐다. 궁금함은 어떤 공포가 되었다. 여자의 말대로 기억나지 않는 어떤 때에 자신이 큰 실수나 상처를 상대에게 안겼을지도 모른다고 생각하니 한편으로 이제는 아무것도 알고 싶지 않아졌다.

봉사활동이 있는 수요일, 혜진은 여자의 구두를 챙겨 나왔다. 요양원으로 향하는 발걸음은 더뎠고, 한 걸음 뗄 때마다 자꾸 여자의 얼굴이 길을 가로막았다. 가방 안에서 여자의 구두가 이리저리 부딪히며 덜그럭거렸다.

결국 혜진은 우산도 없이 쏟아지는 장대비 속으로 뛰쳐나갔다. 밖으로 나오자마자 온몸이 젖었다. 몸은 금세 한기에 휩싸였다. 좁은 골목길을 걸어 내려오며 마음속에 가득한 정체 모를 모멸감과 치욕스러움을 원망했다. 몇 발자국 떼지도 않았는데 그새 친구들에게 미안해졌다. 거센 빗줄기가 혜진의 몸을 때렸다. 젖은 원피스가 몸에 달라붙었다. 옷에 수놓인 커다란 해바라기가 쏟아지는 폭우에 그 빛깔을 잃고 시들해졌다. 혜진은 인적 없는 골목을 천천히 걸어 내려갔다. 빗물이 뿌옇게 눈앞을 가렸다.

8

혜진이 갑자기 앞으로 고꾸라졌다. 툭, 한쪽 발목이 꺾이는 소리가 났다. 그녀가 신은 하이힐이 빗물 배수구 구멍에 박혔다. 발은 꺾인 채로 구두에 걸려 있었다. 어린아이 같은 울음이 터졌다. 그녀는 주저앉아 터진 울음을 내버려두었다. 하염없이 쏟아지는 비를 맞으며 신발에서 천천히 발을 뺐다. 금세 하이힐 안에 빗물이 고였다. 혜진이 가장 아끼는, 유일한 명품 구두였다. 마흔 되던 생일에 남편한테 선물 받은 것이었다. 애지중지 아끼느라 친구들 만날 때 빼고는 몇 번 신지도 않은 구두였다. 그녀는 배수구 구멍에 단단히 박힌 구두를 가까스로 빼냈다. 툭, 굽이 부러졌다. 그녀는 가만히 신발 한 짝을 가슴에 안았다. 접질린 발목보다 부러진 굽이 더 아렸다.

화려한 봄의 나날, 세 친구는 학교 잔디밭에서 햇볕을 쬐고 있었다. 제민은 눈을 가늘게 뜨고 누워서 하늘을 올려다보았고, 은수는 혜진의 손톱에 매니큐어를 발라주고 있었다. 혜진은 제민의 무릎을 베고 누워 눈처럼 어지럽게 흩날리는 벚꽃을 바라보았다. 우리도 나중엔 늙겠지? 우리만 그대로면 좋겠다. 우리는 좀 다르잖아. 세 친구가 돌아가며 말했다. 부서지는 햇살을 바라보았다. 우리 학교에도 남학생이 있으면 좋을 텐데. 있으면 뭐가 좋은데? 그냥, 수업도 같이 듣고, 도서관에서 공부도 같이 하고, 밥도 같이 먹고…… 그리고? 음, 술도 같이 마시고. 그리고 또? 또 뭘 하려고? 세 친구는 자지러졌다. 무슨 말을 하든 우스웠고, 무슨 일이든 즐거웠다. 눈부신 스무 살의 봄이 살랑거리며 멀어져갔다. 그녀들의 환한 웃음소리가 흩날리는 벚꽃에 실려 날아갔다.

혜진은 비를 흠뻑 맞으며 한참을 그대로 앉아 있었다. 배수구로 쓸려 내려가는 빗물과 멀리 도망가 뒤집어진 가방을 번갈아 우두커니 바라보았다. 그녀가 더듬더듬 흩어진 여자의 낡은 구두를 가지런하게 모았다. 앞부리의 굵은 주름이 만져졌다. 한 번도 닦아 신지 않은 듯 보이는 구두. 먼지와 때가 굳어 가죽의 일부가 되어버린 구두를 그녀가 가슴에 움켜쥐었다. 그녀는 여자의 낡고 굽 낮은 구두를 신고 절뚝이며 골목길을 내려갔다. 굽이 나간 하이힐이 가방 안에서 서로 부딪히며 덜그럭거렸다. 여자의 신발은 혜진의 발에 너무 커서 금방 빗물이 스며들었다. 발가락 사이로 철벅거리는 느낌이 나쁘지 않았다.

손보미

손보미는 1980년 서울에서 태어났다. 2009년 21세기문학 신인상, 2011년『동아일보』신춘문예로 등단했다. 소설집『그들에게 린디합을』을 펴냈다. 젊은작가상에 두 차례 선정되었고, 젊은작가상 대상, 한국일보문학상, 김준성문학상 등을 수상했다.

언포게터블
UNFORGETTABLE

해안도로는 텅 비어 있었다. 불과 얼마 전까지만 해도 이곳의 새벽은 시끌벅적했다. 하지만 지금은 술에 취한 몇몇 사람들이 알 수 없는 고함을 지르고 있을 뿐이다. 흥분되고 고양된 분위기는 온데간데없이 사라지고, 처량함과 쓸쓸함만 남아 있는 소란스러움이었다. 여름이 끝난 것이다. 언제나 그랬듯이, 난도질당하는 것처럼 그런 식으로 한 계절이 끝나버린 것이다. 술주정뱅이들의 고함 소리마저 어둠 속으로 사라져버리자, 도로에는 파도가 바위에 규칙적으로 부딪히는 소리만 희미하게 남게 되었다.

오, 젠장.

두 손으로 핸들을 꽉 잡은 채 중얼거리며 그는 피가 배어 나오는 자신의 셔츠를 내려다보았다. 일주일 전쯤 그는 택시를 타고 이 도로 위를 달렸었다. 그때만 해도 불꽃놀이를 하는 사람들이 남아 있었다. 그는 불꽃이 밤하늘을 길게 가로지르다가 점점이 흩어지는 것을 가만히 바라보고 있었다. 그날, 리틀 우가 죽었다. 리틀 우뿐만 아니라, 거기에 있던 많은 사람들이 죽거나 다쳤다. 케이는 '사업'차 이 도시를 잠시 떠난 상태였고, 그는 케이 없이 리틀 우와 함께 거래를 처리하기로 되어 있었다. 하지만 거래는 어그러졌고 물건은 사라졌다. 그리고, 리틀 우는 죽었다. 케이는 그에게 대체 어디에 있었느냐고 물었다. 대체 자넨 어디에 있었던 건가? 리틀 우는 그를 '형'이라고 불렀었다. 오, 세상에. 눈앞이 자꾸 흐려지는 것 같았다. 그는 고통 때문에 정신을 잃을 것 같다고 생각했다. 숨을 쉬는 것조차 부자연스러웠고, 온몸은 땀으로 젖어 있었다.

오, 젠장.

그는 자신의 헝클어진 머리카락을 매만지려고 했다. 손이 덜덜 떨렸다. 모든 것이 엉망진창이 되어가는 기분이었다. 그는 신의 이름을 부르지 않기 위해 애를 썼다. 누구를 불러야 할까? 누구의 이름을 불러야 할까? 오, 젠장. 그는 그렇게만 중얼거렸다. 그는 정신을 잃지 않으려고 애를 썼다. 오, 젠장. 그는 고통 때문에 죽을 수도 있을 거라고 생각했다. 오, 젠장. 하지만 그는 자신을 죽이는 것은 고통스럽다는 느낌이 아니라 실질적이고 물리적으로 가해진 신체적 위해라는 것을 잘 알고 있었다. 자신의 위, 혹은 폐에 꽂힌 나이프나 총알 같은 것들. 고통은 그저 결과일 뿐이었다. 오, 젠장.

난 잘 차려입은 남자가 좋아요.

그녀를 처음 봤던 날, 그녀는 그에게 그렇게 말했었다. 1년 전의 일이다. 그녀는 케이의 새 여자였다. 열어놓은 창문 틈으로 늦여름의 기운이 실린 바람이 식당 안으로 불어 들어왔다. 케이의 식당 안은 조용했고, 옛날 노래가 흘러나왔다.

잊을 수 없는 사람, 바로 당신이죠.
잊을 수 없어요, 가까이 있으나 멀리 있으나
자꾸만 감겨오는 사랑 노래처럼
어쩌면 이렇게도 당신 생각이 떠오르는 건지.
이전엔 누구에게도 이러지 않았어요.

그녀는 허리가 강조되고 네크라인이 사각으로 파인 검정 민소매 원피스를 입고 케이의 옆에 붙어 앉아 있었다. 가끔씩 자신의 손에 들린 앙증맞은 부채로 부채질을 했다. 그녀는 웃을 때 입을 벌리는 법이 없었다. 웃음 끝에는 한숨 같은 것이 섞여 있었다. 피로한 웃음과 한숨. 그것이 그녀의 미소였다. 그녀의 얼굴은 어떻게 보면 열여덟 살로도 보이고, 어떻게 보면 마흔 살로도 보였다. 나중에 그는 그것이 그녀의 눈동자 때문이라는 것을 알게 됐다. 그녀의 눈동자는 너무 까매서 아무런 감정이 드러나지 않았다. 언제나 그랬다. 그녀는 때때로 이 세상과 영원히 멀어지고 싶어 하는 것처럼 굴다가도, 때때로 이 세상과 지나치게 가까워지고 싶은 것처럼 굴었다.

케이와 그녀가 앉아 있던 테이블 위에는 음식 접시와 와인병, 재떨이와 커피 잔이 질서 없이 놓여 있었다. 웨이터가 케이의 테이블을 치우기 시작했다. 그는 그녀의 말을 잘 알아듣지 못해서 케이를 한번 쳐다보았다. 케이가 못 말리겠다는 듯이 고개를 흔들며 미소를 지었다.

아무리 애송이라도 잘 차려입는 편이 좋죠.

그녀는 그렇게 말하며 자리에서 일어났고 상체를 숙이고 케이의 귀에 대고 한참 동안 무언가를 속삭였다. 그런 후 그녀는 하이힐 소리를 내며 그들에게서 천천히 멀어져갔다. 그가 그녀의 뒷모습을 바라보고 있을 때 케이가 말했다.

한 방 먹었군, 친구.

케이는 그를 '친구'라고 불렀다. 하지만 그는 케이를 친구로 생각한 적이 없었다. 케이 또한 마찬가지였다. 그는 케이의 옆자리에 앉아 음식을 시켰다.

멋진 여자야. 안 그런가?

그는 고개를 끄덕이며 케이가 사귀었던 다른 여자들을 떠올렸다. 불필요한 생각이다,라고 그는 곧 마음을 고쳐먹었다.

케이는 그보다 나이가 열두 살 많았고 젊어서는 권투를 한 적이 있다고 했다. 물론 그건 취미일 뿐이었다. 케이는 결혼한 적이 있었고 전처와의 사이에 딸이 한 명 있었다. 그를 제외하고는 아무도 케이의 딸을 본 사람이 없었다. 그는 가끔씩 케이의 딸을 떠올려보곤 했다. 하지만 그런 생각도 불필요하기는 마찬가지였다. 케이는 프라다 슈트를 즐겨 입었고 커프스 단추를 착용하는 걸 잊지 않았다. 케이는 그에게 슈트 입는 법을 알려준 적이 있었다. 좋은 시계를 알아보는 방법, 셔츠를 고르는 방법, 혹은 와인을 마시는 방법,

좋은 여자를 만나는 방법 같은 것……을 알려주었다. 케이는 여러 개의 '사업장'을 가지고 있었고 그들이 사는 도시에서 케이의 손이 닿지 않은 곳은 단 한 군데도 없었다. 언제나, 원할 때마다, 그들은 도시의 어느 곳에라도 갈 수 있었다. 물론 케이를 위협하는 무리들이 있었다. 케이는 언제나 그걸 이겨낼 수 있었다. 자신의 손에는 피 한 방울 안 묻히고. 케이에게 '결투를 신청하는'—케이는 '결투를 신청한다'라는 표현을 좋아했다. 왜냐하면, 케이 자신은 언제나 그 결투에서 이겼으므로—그룹 중 중간 규모의 그룹은 일부러 건드리지 않고 남겨두었다. 그렇게 하면 자연스럽게 그들이 뒷골목 조무래기 깡패들을 관리하는 모양새가 되었기 때문이다. 하지만 위험에 빠질 가능성도 언제나 안고 있었다.

그는 웨이터가 가져다준 음식을 먹으며 케이에게 말했다.

리틀 우를 만났는데, 요즘 서쪽 애들 분위기가 심상치 않다고 하더군요.

한번 보자고, 친구.

위험에 빠질 수도 있어요. 얼른 정리하는 편이 좋아요. 남겨두지 말고.

자넨 정치가 뭔지 몰라.

케이는 몸을 뒤로 기대며 시가를 입에 물었다. 그러고는 불을 붙였다. 시가 연기가 그의 앞에서 맴돌다가 사라졌다.

케이는 사람들을 자신의 사무실로 불러들이곤 했다. 거기에는 거대한 마호가니 책상이 있었고, 케이는 창을 등진 채로 의자에 앉아 있곤 했다. 창문에는 블라인드가 쳐져 있었다. 그들은 케이의 방 안에서 바깥을 볼 수 없었다. 케이가 부른다면 누구라도 그곳에 가 있어야만 했다. 반대로 케이가 부르지 않는다면 그 누구도 그곳에 있어서는 안 되었다. 딱 한 번, 그는 케이가 자신을 호출하지도 않았는데 케이의 사무실로 간 적이 있었다. 오래전의 일이었다. 케이의 경호원들이 그를 잡았다. 그는 마치 미친 사람처럼 소리를 지르며 케이의 사무실로 뛰어 들어갔다. 케이는 의자에 앉아 그를 멀뚱히 바라보기만 했다. 미동도 하지 않았고 그를 신경 쓰지도 않는 것처럼 보였다. 그는 숨을 씩씩 몰아쉬며 케이에게 떠나겠다고 소리쳤다. 케이, 당신을 떠나고, 이 도시를 떠날 겁니다. 케이, 난 당신을 떠나고 이 도시를 떠날 거란 말입니다!

왜죠?

그녀는 그에게 왜냐고 물었었다. 새해의 너그러움이 도시를 감싸고 있을 때였다.

당신은 케이를 떠나겠다고 한 적이 있죠? 왜죠?

그는 대답을 하는 대신 자신이 떠나겠다고 했을 때, 케이가 그에게 했던 말을 이야기해주었다. 케이는 그에게 이렇게 말했었다.

만약에 그렇게 한다면 넌 죽은 목숨이야. 난 지구 끝까지라도 쫓아가서 널 죽여놓을 거야, 친구.

그리고 케이는 이렇게 덧붙였다 .

제발, 내 마음을 아프게 만들 일은 하지 마, 친구.

그는 케이가 진짜로 자신을 죽일 수 있다는 사실을 알고 있었다.

그녀가 다시 질문했다.

그래서 당신은 케이를 떠나지 못했나요? 케이가 당신을 죽일까 봐?

그는 스커트 아래 드러난, 검은 스타킹을 신은 그녀의 매끈한 다리를 바라보았다. 그는 문득 두려운 마음이 들었다. 그녀는 그에게 물었다.

죽는 게 두려워요?

아니.

그녀는 천천히 그에게 다가와 그의 바로 앞에 앉았다. 그리고 그의 얼굴에 자신의 얼굴을 가까이 가지고 가서 그를 바라보았다. 그리고 아주 느릿느릿한 말투로 물었다.

당신은 겁쟁이인가요?

그는 그녀의 숨결을 느꼈다. 달짝지근한 냄새가 났다. 그는 정말로 두려워졌다.

난 당신을 믿지 않아.

그녀는 또다시 아주 조용하고 느릿한 말투로 물었다.

당신이, 왜 나를 믿어야 하죠?

이봐, 케이에게 버림받을 때를 대비해야 할 거야. 그는 무자비한 사람이니까.

나는 그런 것 따위 신경 쓰지 않아요.

거짓말.

거짓말이 아녜요.

아니, 거짓말이야. 난 알 수 있어.

아뇨, 내가 거짓말을 해도 당신은 잘 모를 거예요, 나는 당신만큼 거짓말을 잘하니까.

웃기는 소리.

웃기는 소리가 아니에요. 기억해둘 만한 이야기일 거예요.

그녀는 그에게서 순식간에 멀어졌고 옷걸이에 걸어두었던 흰 밍크 코트를 걸쳐 입은 후 작은 모자를 썼다.

난 당신이 정말 싫어요.

그녀는 문을 쾅 닫고 나가버렸다. 그는 창가로 다가갔다. 잠시 후 그녀가 집 앞의 도로를 가로질러 하이힐을 신고 종종거리며 뛰어가는 것이 보였다. 그리고 그녀는 보도 맞은편에 세워둔 자신의 미니 쿠페에 올라탔다. 자동차는 아주 오랫동안 움직이지 않았고 그 역시 그녀의 자동차가 그의 집 앞을 떠날 때까지 창 쪽에서 움직이지 않았다.

비가 내리기 시작했다. 와이퍼를 켜고 싶었지만 그럴 엄두가 나지 않았다. 운전을 하는 데 온 정신을 집중하기도 모자랐다. 해안도로를 지나자 화려한 호텔들이 늘어선 4차선 도로가 나타났다. 거리의 빛이 빗방울에 점점 번지고 있었다. 그는 그럴 필요가 없었는데도 눈을 깜빡깜빡거렸다. 해안도로와 달리 이곳엔 계절의 냄새가 없었다. 아무도 계절 따위는 신경 쓰지 않는 것 같았다. 조금 더 가서 좁은 골목으로 들어가자, 인공적으로 정비해둔 가로수들이 나왔고, 그 가로수 뒤편으로 고급 빌라들이 죽 늘어서 있는 것이 보였다. 채광을 방해하지 않기 위해 건물들은 널찍널찍하게 간격을 두고 세워졌고, 하늘을 찌를 듯이 높은 건물도 없었다. 간소하면서도 소박하게 보였지만, 그 소박함을 얻기 위해 사람들은 그곳에 많은 돈을 쏟아부었으리라. 그는 집마다 널찍한 베란다가 딸린 7층짜리 빌라 앞에 차를 세우고 잠시 그 안에 머물렀다. 불이 켜진 집은 하나도 없었다.

빗소리가 타닥타닥 그의 차 안에 울리고 있었다. 그는 마른기침을 몇 번 했고, 그리고 잠시 후에 더 심한 기침을 오랫동안 했다. 그는 그녀와 처음으로 잔 날을 떠올렸다. 하루 종일 눈이 내린 날이었다. 그가 문을 열자 그녀가 눈물 젖은 얼굴로 그를 바라보고 있었다. 어째서 그런 일이 벌어졌는지 그는 알지 못했다. 그들은 싸구려 와인을 나눠 마시고 키스를 했다. 난방 기구가 고장 났기 때문에 그들은 이불을 온몸에 둘둘 싸매야 했다.

다음에 만날 땐 잘 차려입고 있어줘요. 슈트를 입고 나를 기다려 줘요.

그녀가 그에게 물었다.

결혼한 적 있어요?

아니.

그는 침대에서 나와 부엌으로 갔고 잠시 후 따뜻한 커피를 두 잔 가지고 나타났다. 그녀는 그에게 술을 달라고 했다. 그는 그녀에게 진을 가져다주었다.

죽어도 좋다고 생각할 만큼 사랑했던 여자가 있었죠?

글쎄.

보면 알 수 있어요. 그런 것쯤은.

그녀는 머리를 쓸어 올리며 말했다.

하지만 당신은 죽지 않았군요.

그녀는 쓴웃음을 지었다.

케이도 죽을 만큼 사랑했던 여자가 있어요?

글쎄, 그런 것쯤은 보면 알지 않나?

맞아요.

그녀가 그녀의 미소를 지었다. 입술을 벌리지 않는 미소. 지친 듯한 미소. 이 세상의 모든 추악한 비밀은 다 알아버린 듯한 미소. 그는 그런 미소를 지을 줄 아는 여자를 한 명 더 알고 있었다.

케이가 당신을 죽일 거라고 생각해본 적 없나요?

그녀는 마치 타락이라고는 모르는 듯한 눈동자로 그에게 물었다. 그는 그게 연기라는 걸 알고 있었다.

그런 걱정은 당신이 해야 할 거 같은데.

그녀의 진짜 눈동자, 그 까맣고 세상을 다 알아버린 듯한 눈동자로 순식간에 돌아왔다.

맞아요.

케이와 나는 당신이 상상도 할 수 없는 일을 함께 겪었어.

그러시겠죠.

그녀는 약간 빈정거리며 말했다.

하지만 우린 함께 떠날 수도 있어.

난 그렇게 못 해요.

알아, 나도 그렇게 못 해. 그냥 해본 말이야.

그는 그녀를 끌어안으며 말했다

난 당신 믿지 않아.

거짓말.

거짓말이 아니야.

난 그냥 하룻밤용인가요?

그는 그녀를 바라보았다.

케이가 무섭지 않아?

난 케이가 무섭지 않아요.

거짓말이군.

죽는 게 두렵지 않아?

그런 건 두렵지 않아요.

또 거짓말이군.

난 앞으로 당신에게 거짓말만 할 거예요.

그럼 난 어떡해야 하지?

그녀는 침대에서 일어나 벌거벗은 채로 어두운 방 안을 천천히 걸어 다녔다. 그리고 다시 그가 누워 있는 침대 쪽으로 와서 그의 앞에 섰다. 그는 그녀의 몸을 봤다.

당신 좋을 대로.

……당신 좋을 대로.

그는 운전대 의자에 기대앉아서, 그 문장을 한번 소리 내어 말해 보았다.

그는 차창 바깥으로 손과 얼굴을 내밀어 빗방울로 피를 씻어냈다. 데크를 열어 그 안에 있는 진통제를 꺼내 꿀떡 삼켰고, 그리고 진통제 옆에 있던 권총과 소음기를 집어 들었다. 이마에 맺힌 땀이 그의 얼굴을 타고 내려왔다. 정신을 차려야 했다. 그는 고개를 절레절레 흔들면서 계속해서 가쁜 숨을 몰아쉬었다. 그는 그럴 필요가 없었는데도 눈을 깜빡깜빡거렸다. 담배를 한 대 꺼내 피우려고 했지만 손이 떨려서 그만두었다. 전에도 이런 적이 있었는데. 그는 작은 목소리로 욕설을 내뱉었다.

그런 건 아무 일도 아니었다. 케이의 카지노에 경찰들이 들이닥쳤지만 그것 때문에 어떤 일이 생긴 건 아니었다. 마카오 쪽에서 물건이 넘어오는 날짜가 갑자기 변경되었는데 케이 쪽은 그 사실을 완전히 모르고 있는 경우도 있었다. 하지만 그게 어떤 나쁜 결과를 불러일으킨 건 아니었다. 어느 날 밤, 리틀 우가 그를 찾아왔다. 리틀 우는 그에게 배신자에 대한 이야기를 했다.

우리 쪽에 정보원이 있다는 거야?

그럴 수도 있다는 말이야.

서쪽 애들은?

저번 달에 그쪽 서열이 바뀌었어. 그건 케이도 알고 있어. 그쪽 애들이 너무 오랫동안 조용한 것도 이상해.

그렇게 말한 후 리틀 우는 그를 슬쩍 한 번 바라보았다.

우리 쪽에 정보원이 있다?

그는 리틀 우의 대답을 반복해서 말해보았다.

그럴 수도 있다고.

그는 갑자기 짜증이 났다.

그게 누굴까, 너? 아니면 나?

형.

리틀 우는 그를 형이라고 불렀었다.

케이가 중간 그룹을 제대로 처리하지 않는 이상 이런 일은 늘 일어날 거야. 케이는 재미로 남겨놓았을 뿐이야. 손아귀에 쥐고 가지고 놀고 싶어서. 우리 쪽이 어떤 피해를 입든, 누가 죽든 케이는 상관 안 한다고. 케이는 그냥 이상한 정치 놀이를 하고 있는 거라고.

형, 형이 우리 곁을 떠나지 않고 남겠다고 결정했을 때, 난 정말 기뻤어.

내가 남고 싶어서 남은 게 아니야.

그는 손에 들고 있던 담배꽁초를 재떨이 안으로 던졌다. 리틀 우의 아버지는 케이보다 나이가 훨씬 많았지만 케이의 충실한 조력자였다. 리틀 우는 아버지를 닮아서 영특하고 충성스러웠다. 미스터 우는 거리에서 총을 맞은 뒤 땅바닥에서 다섯 번 굴렀다.

며칠 후 그가 저녁을 먹고 있을 때, 케이에게서 호출이 왔다. 면도를 하고 인스턴트 커피를 마신 후 그는 택시를 타고 케이의 사무실로 갔다. 겨울이 끝나고 봄이 다가오고 있었지만, 바람은 여전히 아주 차가웠다. 아주 차갑고 모든 것을 날려버리기라도 할 것 같은 바람. 케이는 택시에서 내린 후 모직 코트의 깃을 꽉 잡고 재빠르게 걸어갔다.

케이는 보타이를 매고 와이드 스프레드 셔츠를 입고서는 한 손에는 담배를 들고 사무실 한가운데 서 있었다. 거기엔 리틀 우와 그녀가 함께 있었다. 그는 그녀도 거기에 있을 줄 몰랐기 때문에 약간 당황했지만 금방 그런 감정을 자기 마음속 깊은 곳으로 치워버렸다. 그녀가 입구를 등지고 있어서 그는 그녀의 뒷모습밖에 볼 수 없었다. 그녀는 케이의 뺨에 입을 맞춘 후, 클러치 백을 한 손에

든 채로 그에게 가볍게 목례를 했다. 그는 그녀가 나갈 수 있도록 옆으로 비켜주었다.

우린 밖에 나가서 식사를 할 예정이야.

그러기에 안성맞춤인 날이군요.

그는 의자를 끌어와 앉은 후, 코트의 깃을 매만지며 대답했다. 리틀 우가 웃었지만, 금방 웃음을 그쳤다.

처음 보는 코트군, 친구.

케이가 그에게 시가 한 대를 건넸지만 그는 피우지 않겠다고 대답했다.

쿠바산이야.

끊었어요.

언제?

방금.

케이가 빙그레 웃었다. 무자비한 미소였다. 아무 말 없이 팔짱을 끼고 그들을 바라보고 있던 리틀 우는 밖으로 나가버렸다.

리틀 우는 똑똑한 아이지.

그렇죠. 세상에 저렇게 큰 아이가 있을 수 있다면.

이봐, 친구, 미스터 우 기억나나? 저 아이의 아버지 말이야.

그는 고개를 끄덕였다.

미스터 우는 15년이 넘게 나를 도왔어. 만약 그가 없었다면 난 지금 이 자리에 오르지도 못했을 거야.

그는 약간 삐딱하게 앉아서 다리를 꼬았다.

미스터 우는 담배도 피우지 않았고, 술도 마시지 않았지. 고기도 거의 먹지 않았어. 생수를 하루에 2리터씩 마시면 건강에 좋다는 말을 듣고 와서는 하루 종일 생수를 마셔댔어. 그 커다란 유리컵. 난 아직도 그 컵을 생각하면 속이 메슥거린단 말이야. 이봐 친구, 내가 하고 싶은 말이 뭔지 알겠나?

그는 반대편으로 다리를 꼬았다.

케이가 그에게 천천히 다가오며 말했다. 그는 상체를 똑바로 했다.

결국 미스터 우는 예순도 되기 전에 길바닥에서 죽어버렸어. 친구, 우리 같은 사람들은 아무리 몸을 사려봤자 소용이 없어. 언제 어디서 어떤 식으로 죽을지 모르거든. 죽음은 때로는 아주 작은 실수에서부터 시작되는 거야. 아주 작은 실수 말이야.

시가 피우겠어요, 주시죠.

진작에 그렇게 나왔어야지, 친구.

케이는 그에게 시가를 건네주었다. 그는 시가를 입에 물었고 케이는 불을 붙여주었다. 시가를 잡은 그의 손이 떨렸다. 불은 곧 꺼졌다. 케이는 그에게 가까이 다가갔고 손가락으로 자신의 머리를 톡톡 두드렸다.

머리를 좀더 쓰는 편이 좋을 거야. 그게 담배를 끊는 것보다 더 의미 있는 행동이지. 친구, 내 말 알겠나?

그는 웃으려고 애를 썼다.

제대로 해야 할 거야. 친구.

두말하면 잔소리죠.

그는 케이가 재킷 입는 것을 쳐다보며 그렇게 말했다. 케이는 그 사무실을 나가기 전에 그의 어깨를 두어 번 두드렸다.

그렇지, 그래야 착한 아이지.

케이가 나간 후에도 그는 케이의 사무실에 잠시 남아 있었다. 케이가 건네준 시가에 다시 불을 붙이려고 했지만 손이 떨려서 잘 되지 않았다. 사무실로 들어온 리틀 우가 불을 붙여주었다. 그리고 아무 말도 하지 않고 그를 기다렸다. 그들이 함께 밖으로 나왔을 때에는 진눈깨비가 흩날리고 있었다. 그는 잠시 동안 멍하니 검은 하늘을 올려다보았다.

형.

그는 고개를 돌려 리틀 우를 바라보았다.

형은 조심해야 해.

내가 뭘 조심해야 할까?

그는 약간 빈정거리는 말투로 물었다. 리틀 우가 짜증스럽다는 듯이 대답했다.

형이 더 잘 알겠지.

아니 난 몰라. 그리고 너도, 너도 마찬가지야.

리틀 우는 뭔가 더 말하고 싶어 하는 것 같았지만 그만두었다. 리틀 우는 그냥 이렇게만 말했다.

그래, 난 몰라. 하지만 형, 형은 그때 여기에 남기로 결정했고, 그게 형의 삶이야. 요즘 형은 너무 위험해 보여. 시한폭탄을 안고 사는 사람 같아.

그는 픽 웃었다. 리틀 우의 어깨를 툭툭 친 후 그는 코트 깃을 세우고는 두 손을 주머니에 넣고 걷기 시작했다. 그는 싸구려 식당에 들어가서 커피를 시켰다. 저녁 내내 아무것도 먹지 않았지만 배가 고프지 않았다. 커피에서는 행주를 빤 것 같은 맛이 났다. 그는 세 시간이 넘게 거기에 죽치고 앉아 있었다. 그는 그녀에 대해 생각했다.

그날 밤 그가 막 잠에 들려고 할 때 누군가 초인종을 눌렀다. 그는 가만히 있었다. 초인종은 한 번, 두 번, 세 번 울렸고 곧 그쳤다. 예고도 없이 적막이 찾아온 기분이었다. 1분쯤 후에 그는 침대에서 벌떡 일어나 현관문을 열었다. 거기에는 빨간 실크 스카프를 머리에 두른 그녀가 서 있었다.

내가 여기에 여전히 이렇게 있는지 어떻게 알았을까?

그는 그녀가 들어올 수 있도록 옆으로 비켜주었다.

리틀 우가 요즘 나를 걱정하고 있어.

그녀가 뒤돌아 그를 바라봤다. 그녀의 얼굴은 아주 피곤해 보였고 웃음은 싸구려였다.

그런 이야기, 왜 나한테 하죠?

그녀는 그렇게 말한 후 머리에 두르고 있던 스카프를 벗었고 자주색 트위드 코트도 벗어서 침대 위에 아무렇게나 던져두었다.

요즘 무슨 일을 벌이고 있는 거야?

그녀는 그를 향해 몸을 돌렸다.

이리 와요. 이리 와서 나 좀 안아줘요.

그게 무슨 일이든, 당장 그만두는 게 좋을 거야.

왜 나한테 그런 이야기를 하는 거예요?

그는 그 자리에 서서 그녀를 바라보기만 했다.

이리 와요, 이리 와서 나 좀 안아달라고요.

오, 하느님.

그는 그녀에게 다가가며 생각했다.

거칠게 숨을 몰아쉬고 고통을 참으며, 차 안에 머물면서 그는 잠시 동안 케이의 말을 떠올렸다. 제발, 내 마음을 아프게 하지 말아줘, 친구. 그러자 곧바로 그녀의 말이 떠올랐다. 당신은 케이를 죽이지 못할 거예요, 그렇죠? 당신은 그가 무서워서 그를 떠나지도 못해요. 그렇죠?

그는 소리라도 지르고 싶었다.

그는 절뚝거리며 차 안에서 나왔고, 뒷좌석의 문을 열어 슈트 재킷을 꺼내 걸쳤다. 피크트 라펠로 된 더블 브레스트 재킷이었다. 재킷의 단추를 잠그자, 그의 피투성이 셔츠가 가려졌다. 똑바로 서보려고 애썼다. 빗방울이 조금 더 거세졌고 금방 그의 머리 모양을 헝클어뜨렸다. 그는 숨을 몰아쉬고 다시 한 번 더 머리 모양을 매만졌다. 권총을 재킷 주머니에 집어넣자, 주머니가 불룩해졌다. 그는 권총을 꺼내 바지 뒤춤에 꽂아 넣었다. 그는 빌라 입구를 향해 걷기 시작했다. 금방이라도 기절할 것처럼 보였지만 넘어지지는 않았다. 다만 스며 나온 피와 비가 그의 재킷을 적셨을 뿐이었다.

그는 난간에 의지해서 계단을 하나하나 천천히 걸어 올라갔다. 그는 자신이 걷고 있는 게 아니라, 두 발을 억지로 끌어 올리고 있다고 생각했다. 그는 신음 소리를 내고 싶지 않아서 어금니를 꽉 물었다. 결국 그 집의 문 앞에 다다랐을 때, 그는 거기에 잠시 서 있었다. 숨을 크게 한 번 쉬고, 머리를 한 번 더 매만지고, 땀을 닦아냈다. 고통 때문에 숨이 자꾸 거칠어졌다. 제발, 제발 이 일이 끝나기 전까지만 숨을 제대로 내쉬고 싶다,고 그는 생각했다.

그는 시체 검시소의 차가운 선반 위에 놓인 리틀 우의 시체를 봤다. 가슴과 다리에는 총알이 박혀 있었고, 오른쪽 머리는 으깨어져 있었다. 그는 구역질이 날 것 같았다. 슬픔이 아니라 두려움 때문에. 그는 두려움 때문에 토했다.

대체 어디에 있었나, 친구?

아팠어요.

그는 케이의 눈을 바라보며 대답했다. 눈 하나 깜짝하지 않으려고 애썼다. 도시로 돌아온 케이는 그를 자신의 집으로 불러들였다. 흔한 일이 아니었다. 케이는 한 번도 누군가를 자신의 집으로 불러들인 적이 없었다. 케이는 브라운 계열의 나이트 가운을 입고 코럴색 양가죽 소파에 앉아 있었다. 고풍스러운 가구들이 방 안을 꽉 채우고 있었고 그는 숨이 막힐 것 같았다. 벽 너머로 여자의 흐느낌이 간간히 들려왔다.

아팠다고?

네.

케이는 더 이상 아무 말도 하지 않고 그를 올려다보았다.

케이, 이건 그냥 일상적인 거래였어요. 아시잖아요. 이런 일이 생긴 게 이상한 거라고요.

그는 눈 하나 깜짝하지 않으려고 계속 애썼다.

그래, 이상하지, 아주 이상한 일이야. 친구.

리틀 우와 그의 부하들이 죽거나 다치는 동안 그는 그녀의 침대 안에 있었다. 그는 갑자기 그날 침대 안에서 그녀가 했던 말들이 떠올랐고 다리가 후들거렸다.

케이는 소파에서 일어나 그에게 천천히 다가왔다. 그리고 조용하지만 위협적인 목소리로 말했다.

내 마음이 아플 만한 짓거리는 하지 말라고 경고했지? 대체 왜 내 마음을 이렇게 찢어놓는 건가?

그는 두려움을 이기기 위해 주먹을 꽉 쥐었다.

케이, 리틀 우는 내 동생이나 마찬가지였단 말입니다.

케이는 다시 천천히 자신의 소파로 돌아가 등을 기대고 앉았다.

단순한 실수 때문에 얼마나 많은 사람들을 잃어버릴 거야? 자네도 죽는 게 싫지? 죽은 친구들도 마찬가지였을 거란 말이야. 친구.

그는 자신의 옆에 있는 의자에 앉았다.

내 말 잘 들어. 닷새 후에 다시 거래가 있을 거다. 이번엔 실수하지 마.

케이는 소파에서 벌떡 일어나 그녀가 기다리고 있을 침실로 돌아가버렸다.

집으로 돌아오자마자 그는 커다란 여행용 트렁크에 이것저것 집어넣기 시작했다. 몇 년 전, 그는 떠나지 못했다. 그는 문득 리틀 우의 말을 떠올렸다. 이게 형의 삶이야. 리틀 우는 자신을 형이라고 불렀었다. 그날, 그는 리틀 우와 함께 있었어야 했다. 그는 짐을 싸던 것을 그만두고 권총을 장전한 후 현관문 맞은편에 있는 소파에 앉았다. 그는 가끔 두 손으로 얼굴을 문질렀다. 하지만 권총을 손에서 놓지 않았다. 그는 자정이 거의 다 될 때까지 그러고 있었다. 새벽 1시가 되었을 때, 현관문이 돌아가는 게 보였다. 그는 반사적으로 권총을 들었고 방아쇠에 손가락을 갖다 댔다.

이러고 있을 줄 알았어요.

그는 방아쇠에서 손을 떼었지만 권총을 놓지는 않았다.

불쌍한 사람.

그녀는 그의 등에 자신의 얼굴을 묻었다.

당신은 알고 있었어. 그날 무슨 일이 벌어질지 알고 있었어.

오, 불쌍한 사람. 당신은 눈이 멀었어요. 당신은 아무것도 모른다고요.

그는 그녀의 어깨를 잡고 거칠게 흔들었다.

당신은 알고 있었어, 그렇지?

케이가 죽인 거예요, 모르겠어요? 케이가 얼마나 많은 사람들을 죽였는지 모르겠어요?

그는 두 손으로 얼굴을 감쌌다. 그녀는 그의 등에 기댄 채로 마치 노래를 부르는 것처럼 그 말을 반복했다.

오, 불쌍한 사람, 불쌍한 사람……

그가 현관문을 열 번도 넘게 두드리자, 그제야 문이 열렸다.

세상에, 이게 무슨 일이에요?

그녀가 나지막하게 비명을 질렀다. 놀라움과 슬픔, 그리고 두려움이 미묘하게 섞인 비명. 그녀는 그를 부축해서 거실 안으로 들어갔다. 집 안은 깜깜했다. 그녀는 그를 소파 의자에 앉혀놓고 거실 구석에 있는 스탠드를 켰다. 빛이, 희미하게 거실을 밝혔다. 그녀는 그의 앞에 서서 부들부들 떨고 있었다. 그는 그녀의 실크 슬립에 묻어 있는 자신의 피를 보았다. 고통 때문에 숨이 잘 쉬어지지 않았다. 숨을 한 번, 또 한 번, 그리고 또 한 번 거칠게 내쉬면서, 그는 제발 숨을 제대로 쉴 수 있으면 좋겠다고 마음속으로 빌고 빌고 또 빌었다.

여기에 이렇게 있는 것보다 침대에 눕는 게 좋을 거예요. 방 안까지 내가 부축해줄게요.

그녀가 두 눈을 한 번 질끈 감았다가 떴다.

아냐.

피가 계속 나와요.

그녀는 그에게 다가왔고 그의 앞에 무릎을 꿇고 앉아서 그의 셔츠를 열어보았다. 칭칭 감아놓은 붕대 위로 피가 배어 나오고 있었다. 그녀가 고개를 절레절레 흔들었다.

이래선 안 돼요. 병원에 가야 해요.

그는 겨우 손을 뻗어 그녀의 얼굴을 붙들었다.

나 좀 봐.

그녀는 고개를 숙였다.

나 좀 보라고.

잠깐만 기다려요.

그녀는 벌떡 일어나더니 식당 쪽으로 갔다. 그는 머리가 어질어질했고 눈앞이 자꾸 흐려지는 것 같았다. 잠들고 싶었다. 아주 잠깐 동안만……

잠시 후, 그녀는 부엌에서 나와 거실 입구에 섰다. 그는 순간적으로 그녀의 손에 무엇이 들린 것을 봤고, 그게 총이라고 생각했다. 하지만 그건 그냥 술 두 잔이었을 뿐이었다. 그녀는 훨씬 더 안정되어 보였다. 하지만 여전히 그녀는 그의 눈을 보려고 하지 않았다.

마셔요.

그녀는 술잔을 그가 앉아 있는 소파 옆 협탁 위에 올려두었다. 그리고 자기 몫의 술을 단숨에 마셔버렸다. 어두웠지만 그는 그녀의 표정을 상상할 수 있다고 생각했다.

앰뷸런스 불러야죠.

그는 고개를 천천히 가로저었다.

경찰이 깔렸어.

통증 때문에 말하는 게 힘들었지만 그는 더듬거리지 않으려고 한 글자, 한 글자를 또박또박 발음했다.

누가 당신을 이렇게 만든 거죠?

그는 웃음이 났다.

글쎄, 그게 누굴까?

그녀가 그 몫의 술잔도 비웠다. 그는 숨을 한 번 크게 들이쉬었다.

몇 년 전, 나는 케이를 떠나지 않았지. 가끔은 생각해보았어. 왜 나는 케이를 떠나지 못한 걸까? 정말 죽는 게 두려워서였을까?

말하지 마요. 당신 죽어가고 있어요. 말하지 마요.

그녀의 목소리가 떨렸다.

우리 둘 중 하나만 없애면 우리 조직이 무너질 거라고 생각했겠지. 누구든 말이야.

그만 말하라고요.

언제부터였어? 처음부터였어?

난 당신이 무슨 말 하는지 몰라요.

내가 케이를 죽이면 그 이후엔 어쩌려고 했어?

그녀가 순간 멈칫했다.

케이를 죽였어요?"

그는 웃었다. 그리고 그녀의 한쪽 팔을 잡았다.

우리가 처음 만났을 때를 기억해?

케이를 죽였어요?

그는 그녀의 팔을 더 힘주어 잡았다.

우리가 처음 만났을 때를 기억하느냐고.

그녀가 고개를 끄덕였다.

노래가 흘러나왔어요. 기억나요.

내가 당신을 얼마나 사랑했는지 알고 있어?

그래요, 나도요. 내가 당신을 얼마나 사랑했는지 알잖아요.

나를 좀 일으켜주겠어?

하지만 그녀는 움직이지 않았다. 마치 덫에 걸린 작은 짐승처럼 몸을 부들부들 떨었다. 그는 스스로 일어서는 수밖에 없었다.

내가 죽게 돼서 슬퍼?

그는 벽 쪽으로 걸어갔다. 그는 이 집의 전등을 켜는 스위치가 어디 있는지 알고 있었다. 이곳에 와 본 적이 있었으니까. 불을 몇 번이나 껐고, 불을 몇 번이나 켰으니까. 그가 스위치 쪽으로 가는 동안에도 그녀는 마치 굳어버린 사람처럼 그 자리에 그대로 서 있었다.

내가 죽게 돼서 슬퍼?

그래요, 당신이 죽게 돼서 슬퍼요.

거짓말. 서쪽 애들이 나를 죽이러 올 거라는 거 알고 있었잖아. 거래 장소를 알려준 것도 당신이고. 그렇지? 내가 케이의 짓이라고 착각하게 만들려고, 내가 케이를 의심하게 만들려고. 그렇지?

케이의 짓이에요.

도대체 왜 그랬어? 나와 떠날 수도 있었는데, 대체 왜 그랬어?

그녀는 그 자리에 서서 부들부들 떨기만 했다.

케이의 짓이라고요. 당신은 나를 믿어야 해요. 나를 믿어야만 한다고요.

그녀는 떨리는 목소리로 애원하듯 말했다.

그는 스위치를 켜기 전에 그녀의 뒷모습을 향해 물었다.

울고 있어?

그래요, 나는 당신이 죽게 되어서 슬퍼요. 그래서 울어요.

그녀가 내뱉듯이 말했다. 그는 그녀의 말이 거짓이라는 걸 알고 있었지만 그래도 그 말이 그를 조금이나마 기분 좋게 해주었다. 그는 벽에 등을 댄 채로 전등 스위치를 올렸다. 딸칵, 소리와 함께 어둠 속에 잠자고 있던 모든 것이 갑자기 생생하게 자신의 모습을 드러냈다. 그는 전등을 켜지 않는 편이, 어둠 속에 머무는 편이 더 좋을 거라는 사실을 알고 있었다. 이렇게 밝은 빛 아래에서 그녀의 얼굴을 똑똑히 쳐다보며 내가 무얼 할 수 있을까? 그는 그런 생각을 했다. 하지만 어둠 속에서 하고 싶진 않아, 그는 그렇게 생각했다. 그는 그녀의 맨발을 보았다. 처음 그녀가 그의 집에 왔을 때, 그녀는 검정색 스타킹을 신고 있었다. 그때 그는 두려웠다. 무엇이 두려웠을까? 죽는다는 것이? 아니면 이런 식으로라도 계속 살아가야 한다는 것이? 그는 벽에 기댄 채로, 있는 힘을 다해 주머니에서 권총을 꺼낸 후, 총구에 소음기를 끼웠다.

그녀가 천천히 몸을 돌려 그에게 다가왔다. 그녀의 얼굴은 땀에 젖어 있었고, 창백했다. 그는 그녀가 더 이상 다가오는 것을 원하지 않았다. 그는 총구를 그녀에게 향했다. 그녀가 멈춰 섰다. 그녀의 시선이 그에게로 향했지만, 여전히 그의 눈을 피하고 있었다.

모처럼 입은 슈트가 피 때문에 이렇게 엉망이 되었네요.

그래, 그렇게 되었군.

이렇게 멋지게 차려입은 걸 본 건 처음이에요. 멋져요. 정말 멋져요.

그녀는 팔을 뻗어 구겨진 그의 슈트 재킷을 매만져주었다. 그녀의 손이 덜덜 떨렸다. 그는 그걸 느꼈다. 그는 총구를 그녀의 가슴에 댄 채로 잠시 동안 가만히 있었다.

나는 좋은 사람이에요. 나는 나쁜 사람이 아니에요.

그래, 알고 있어.

오, 불쌍한 사람.

그녀가 결국 참지 못하고 그의 눈을 들여다봤을 때, 슬픔과 두려움이 뒤섞인 눈동자로 그를 드디어 쳐다봤을 때, 그는 그냥 그녀를 향해 한 번, 딱 한 번, 방아쇠를 당겼다. 그리고 그는 권총을 주머니에 다시 집어넣었다. 잊고 있던 고통이 갑자기 온몸으로 뚜렷하게, 그리고 급격하게 퍼지기 시작했다. 그는 거기에 주저앉았다. 하지만 눈물을 흘리지는 않았다. 잠시 후 그는 자리에서 일어섰다.

어둠이 몰려가고 새벽이 다가오고 있었다. 어디로 가야 할까? 차가 주차된 곳까지 걸어가는 게 불가능한 일처럼 느껴졌지만 결국 그는 차에 다다랐다. 문득 뒤를 돌아보았을 때, 그녀 집의 창이 보였다. 새벽의 희뿌연 어둠 속에서 오로지 빛나고 있는 중 하나. 그건 너무 안전하고 평화로워 보였다. 아마 그 장면을 본 누구라도 그런 생각을 하리라. 그는 그녀를 처음 만났을 때 케이의 식당에서 들었던 음악의 마지막 구절을 떠올렸다.

잊을 수 없어요, 언제나.
그리고 영원히 당신은 그렇게 머물 거예요.
달링, 정말 믿기지 않아요.
내가 그토록 잊을 수 없는 그 사람도 날 잊을 수 없다는 것이.

차에 몸을 구겨 넣었다. 자꾸 잠이 쏟아지려고 했다. 어쩌다 이렇게 되었을까. 이상했다. 처음에는 지키고 싶은 것이 있어서 이 일을 시작했는데, 도대체 얼마나 더 많은 것들을 잃어야 그걸 지킬 수 있게 되는 건지 모르게 되었다. 그게, 그러니까 애초에 내가 지키고 싶었던 것이 뭐였지? 이제 나는 어디로 가야 하는 걸까? 형, 이게 형의 삶이에요,라고 리틀 우는 말했었다. 리틀 우는 그를 형이라고 불렀었다. 그는 그럴 필요가 없었는데도 눈을 깜빡깜빡거렸다. 졸음이 몰려왔다. 나는 죽지 않을 것이다…… 그는 그런 생각을 했다. 나는 죽지 않을 것이다. 내가 죽어도 슬퍼할 사람이 이제는 한 명도 남아 있지 않으니까, 나는 당분간 죽지 않을 것이다. 그는 그런 생각을 하며 깊은 잠에 빠져들었다.

보잘것없는 비밀들

—

이광호
(문학평론가)

문학 출판사와 패션 잡지가 함께 무엇을 기획하고 만들어낼 수 있을까? 한쪽은 문학 언어들을 묶어 책으로 만드는 곳이며, 다른 한쪽은 패션을 둘러싼 첨단의 소비 이미지들을 편집한다. 패션지의 이미지들이 상품 미학의 판타지를 전시하는 것이라면, 문학의 언어는 그 상품들이 어떻게 개인성을 증명하거나 무력화하는가를 드러내줄 수 있다. '들다' '쓰다' '신다' '입다'를 주제로 단편소설 프로젝트를 기획했을 때, 그것은 패션에 대한 문학 언어의 반성적 성찰이 패션지에 수록되는 특이한 자기 응시의 사례가 될 수 있었다. 그러나 우선은 현대 세계에서 '패션'이라는 것이 무엇인가를 짚어보아야 한다.

패션에 대한 진지한 담론의 출발점은, 현대인에게 패션 아이템의 소비는 자기를 표현하는 강력한 도구이자 효과의 의미를 갖는다는 것이다. 내가 누구이며 어떤 가치와 취향을 갖고 있는가 하는 것, 나의 정체성을 드러내주는 것이 패션이라는 것이다. 만약 이 논리를 전적으로 수용한다면, 우리는 '들다' '쓰다' '신다' '입다'라는 이 단편소설 프로젝트의 주제 안에서 개인성을 보장받을 수 있다. 절대적이고 보편적인 가치와 질서가 엄존했던 근대 이전의 시대에는 개인의 고유한 기질과 취향을 드러내는 방식으로 패션을 선택한다는 것은 불가능했다. 근대 이후 문제의 중심은 세계의 주어진 본질을 깨닫는 것이 아니라, 변화무쌍한 세계 안에서 자기를 실현하는 것이 되었다. 패션을 '개인의 탄생'이라는 관점에서 이해하는 것이 무리는 아니다. 하지만 패션이 개인의 고유성을 완전하게 보장해준다고 말하기는 어렵다. 현대의 개인들은 적지 않은 경우 유행이라는 이름의 집단적 스타일에 지배당하며, 패션의 기호가 가지는 사회 계급적 의미에 짓눌려 있다. 첨단 스타일에 민감할수록 자신은 그 스타일의 주인이 될 수 없다. 자동차의 등급과 브랜드에 억눌려 있는 남자들은 얼마나 가련한가? 패션을 둘러싼 취향의 자율성이란 엄격한 의미에서 환상에 지나지 않는다. 그런 스타일을 선택해야만 할 것 같은 사회 구조의 지배에서 자율적인 개인은 없다. 패션이 개인의 정체성을 보장해준다는 것은 이 소비의 제국이 만들어낸 기만적인 환상이다. 더구나 세계는 여전히 경제적으로 불평등한 곳이어서 패션을 통한 자기 실현이란 부르주아에게만 유리한 허영처럼 보이기도 한다.

하지만 현대의 개인들에게 패션의 문제가 삶의 장식에만 해당되는 것이라고 치부해버릴 수는 없다. 현대인은 어떤 방식으로든 삶의 개별적인 방식을 질문하고 고민하고 선택해야만 하며, 일상적인 국면에서 사소한 미적 선택의 문제들은 삶의 양식을 둘러싼 중요한 문제들을 구성한다. '자신을 하나의 예술 작품으로 창조하는 것'을 말한 푸코의 사유를 자기 삶의 미학적 구성에 대한 명제로 받아들일 수도 있다. 일상 세계에서의 작은 사용과 소비의 선택들이야말로 '나'라는 사람의 '현재'를 만들어낸다. 예술 차원에서의 선택이 아니라 하더라도 오늘 입은 티셔츠와 운동화, 요즈음 들고 다니는 가방과 지금 쓰고 있는 안경, 전자제품과 집 안의 소품들, 이 모두가 미학적 선택의 결과다. 현대 세계에서 심미적인 차원은 예술이라는 제도와 일상적 소비 영역의 경계를 가로질러 존재한다. 디젤의 CEO 렌조 로소가 "우리가 판매하는 것은 상품이 아니라 삶의 스타일이다"라고 말했을 때, 그것은 단순히 패션 광고 카피 이상의 의미를 함축할 수도 있다.

패션의 문제는 개체성의 실현이라는 측면과 체제와 자본에 대한 적응이라는 두 가지 영역에 모순적으로 얽혀 있다. 내가 오늘 입은 줄무늬 셔츠는 이 체제 안에서 내가 실현할 수 있는 최소한의 자유이며 동시에 타인의 시선에 대한 순응의 결과물이다. 패션을 둘러싼 개인의 문제는 개체성을 확보하기 위한 투쟁의 모순된 국면을 보여준다. '자기 자신'이 되고자 하는 개인의 싸움은 거의 불가능한 것이지만, 그럼에도 불구하고 미적인 영역에서의 선택들은 그 불가능성을 견디게 해준다. 스타일의 매혹은 개인의 고유성이 환상에 불과하다는 엄혹한 사실을 견디도록 만드는 힘이 있다. 패션에 대한 세심한 집중력으로 지나치게 많은 노고를 들이지만, 이 노력이 외부적으로 드러나는 것을 경계하는 '댄디'의 이중성은 개인성을 둘러싼 싸움의 복합적인 의미를 암시한다.

근대 이후 소설이 가장 매력적인 대중 장르가 된 것은, 그것이 개인의 서사를 다루기 때문이었다. 개인이 자신의 개인성을 실현하기 위한 고투와 실패, 불안과 고독, 일상과 죽음을 다루기 때문에 매력적이었던 것이다. 개인이 누구인가를 말하기 위해서는 그의 시간과 공간의 역사, 그의 개인 서사가 다른 언어로 구축되어야 한다는 것이 근대 소설의 문법이다. 소설에서 개인이 보유하고 선택하고 소비하는 물건들이 가지는 의미는 사소하되, 무의미하지 않다. 『THE CLOSET NOVEL』에 등장하는 물건들, 큐레이터가 술자리에 두고 나온 밤색 가죽 가방(김중혁), 신임 학교 이사장의 레이밴 보잉 선글라스(정이현), 스웨덴 시인의 한국인 친구가 만들어주려던 털모자(정용준), 바꿔 신은 친구의 신발(은희경), 이웃집에 몰래 신고 들어간 깔창(편혜영), 정체를 알 수 없는 여자가 남기고 간 신발(백가흠), 암흑가의 남자가 차려입은 슈트(손보미) 같은 것 말이다. 이것들은 소설 속 개인이 자신의 정체성을 확보하기 위해 적극적으로 마련한 물건이라기보다는, 타인과의 관계 속에서 발생한 불안과 어긋남, 사소한 비밀들을 함축하는 기호들이다.

타인과 나는 진정한 의미에서 만날 수 없으며 개인의 내밀한 비밀들은 공유될 수 없다. '나'조차 내 사소한 비밀들의 궁극적인 의미를 알지 못한다. 누군가가 신었던 신발은 그 사람의 삶 속 미세한 비밀들을 함축하는 것이지만, 그 신발을 내가 의식하거나 보유하고 있다고 해서 그 비밀들을 다 알게 되는 것은 결코 아니다. 우리는 우리 자신이 될 수 없으며, 타인의 삶을 이해할 수도 없다. 그럼 삶에는 무엇이 남을까? 냉정하지만, 아무것도 남지 않는다고 말하는 편이 나을 것이다. 삶에는 알 수 없는 시간과 지나간 시간, 돌이킬 수 없는 시간만이 있을 뿐이다. 그럼에도 불구하고 어떤 물건들, 어떤 이미지들은 그것이 있었던 것만으로 삶의 비밀들을 둘러싼 '있음'의 근거가 된다. 그 시간 속에 등장했던 옷과 가방과 안경이라는 사소한 기호들이 가지는 의미는 해독될 수 없다. 그러면 그것들을 보유하고 있다거나 기억하고 있다거나, 혹은 그것들에 대해 쓴다는 것은 무엇인가? 그 내용에 대해서는 알 수 없지만 그 삶의 비밀들이 '존재'했다는 것을 받아들이는 하나의 방식.

멜로드라마의 서사 안에서 작은 징표들은 보이지도 않고 만질 수도 없는 '사랑이 거기 있었다'는 것을 증명하곤 한다. 그것 역시 일종의 판타지라고 말할 수 있겠지만, 그럼에도 불구하고 그것이 '있다'는 것은 얼마나 다행스러운가? 누군가의 유품은 과거와 미래를 분명하게 만들어주지 않지만, 쉽게 버릴 수 없는 시간이 있다는 것을 알려준다. 보잘것없는 삶의 비밀들은 '보잘것없어서' 삶이 존재했다는 것을 말해준다. 우리는 영원히 자기 자신이 될 수 없지만, 하나의 구두, 하나의 안경이 만들어내는 시간, 그 물건 속에 새겨진 사소한 비밀들을 짐작할 수 있다. 오직 미적인 것만이 삶을 견디게 해준다는 명제는 완벽한 슈트를 입을 수 있는 남자에게만 해당되는 것은 아니다. 내가 지닌 것들의 미미한 아름다움과 보잘것없는 비밀들이 이 무력한 삶의 동행자이다.

IN THE CLOSET

인터뷰 · 이우성(『아레나옴므+』)

공 굴리듯이 생각을 이리저리 굴리고 먼지도 묻히다가 부풀어 오르면 쓰기 시작한다. 기록하는 순간, 상의 폭이 좁아진다. 굴릴 때는 메모하지 않고 자유롭게 날아가거나 내려앉도록 놔둔다. 그러다 정리됐다고 느껴지는 때가 오면 기록을 하고 소설로 쓴다.

김중혁

앞으로 무엇을 쓸지 의식적으로 생각을 안 하려 한다. 너무 숨 가쁘게 온 것 같아서. 내겐 계획이 없다. 다만 오랫동안 게임의 한 스테이지를 클리어하고 다음 스테이지로 넘어가는 방식으로 살아왔다는 생각은 든다.

정이현

내 안에 있는 기질을 쓴다. 명랑한 것은 잘 써지지도 않고 재미도 없다. 쓰고 싶은 건 다른 세계에 대한 이야기다. 좋은 글을 쓰고 싶다. 끝내주는 글을 쓰고 싶다. 그런데 쉽지 않다. 그래도 쓰고 있을 거다. 어찌 됐건 쓰고는 있을 거다.

정용준

세상도 인간도 그렇게 간단하지 않다. 살아가면서, 삶이 익숙해지지 않는다. 살아가는 한 이야기는 생겨난다. 현재가 없으면 내가 쓰는 이야기는 성립이 안 된다. 나는 '과거'에 대해 쓰는 게 아니라 '시간'에 대해 쓴다. 현재진행형 작가라는 생각을 늘 하고 있다.

은희경

소설을 쓸 때면 내 안의 시니컬하고 어둡고 가차 없는 자아가 움직인다. 모르겠다. 어떤 이야기에 도달하게 될지. 지도 없이 바로 앞의 땅을 파면서 지도를 조금씩 그려나가는 느낌이다.

편혜영

작가라면 누구나 그렇겠지만 말년까지 좋은 작품을 발표한 작가로 남고 싶다. 적게 발표하면 잊히겠지. 그렇기 때문에 그전에 꾸준히 신뢰를 쌓아가는 것이 중요하다. 작가로서의 신뢰다. 시간을 견뎌야 한다. 더 오래 관조하는 것, 기다리는 것. 의지가 필요하다.

백가흠

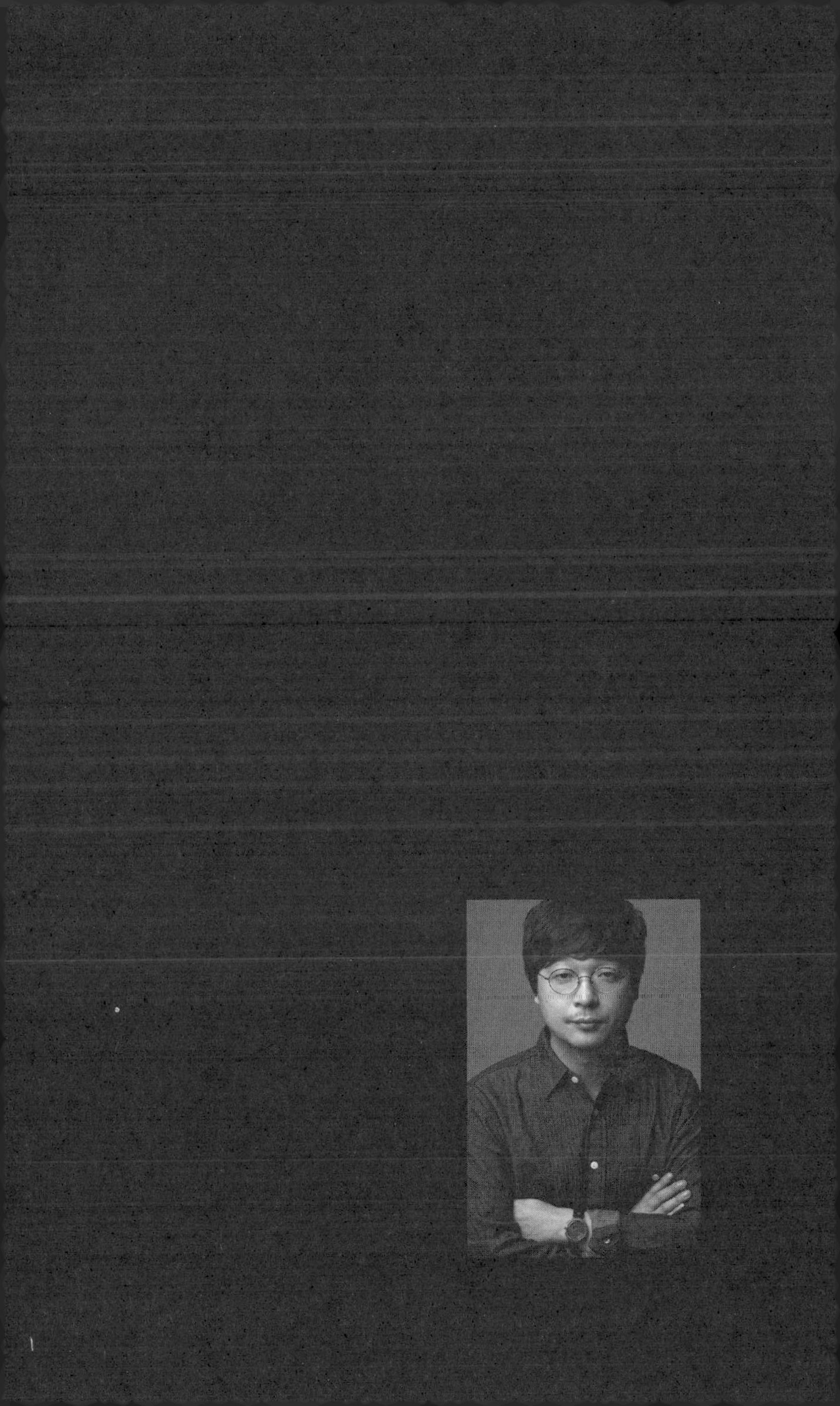

진짜 살았던 사람들의 이야기를 읽을 때가 있다. 그럴 때마다, 삶이라는 게 이렇게 여러가지로 이야기될 수 있구나, 사람이란 건 누구나 그 안에 숭고함과 치졸함을 다 가지고 있구나, 라는 생각을 하게 된다. 언젠가는 나도 그런 이야기를 쓰고 싶다.

손보미